TRANZLATY

Language is for everyone

Dil herkes içindir

The Call of Cthulhu

Cthulhu'nun Çağrısı

H.P. Lovecraft

English
Türkçe

www.tranzlaty.com

The Horror Made of Clay
Kilden Yapılmış Dehşet

There is one thing I find particularly merciful.
Özellikle merhametli bulduğum bir şey var.
The inability of the human mind to correlate events.
İnsan zihninin olaylar arasında bağlantı kuramaması.
It's a blessing that we can't understand the world.
Dünyayı anlayamamamız bir nimettir.
We live blissfully on a placid island of ignorance.
Bizler, cehaletin dingin adasında mutluluk içinde
yaşıyoruz.
An island in the midst of black seas of infinity.
Sonsuzluğun simsiyah denizlerinin ortasında bir ada.
And it was not meant that we should voyage far.
Ve amaç, çok uzaklara yolculuk etmemiz değildi.
The sciences each strain in their own directions.
Bilim dallarının her biri kendi yönünde ilerliyor.
But hitherto science's findings have harmed us little.
Ancak şimdiye kadar bilimin bulguları bize pek zarar
vermedi.
**But some day dissociated knowledge will be pieced
together.**
Ancak bir gün birbirinden kopuk bilgiler bir araya
getirilecektir.
Terrifying vistas of reality will open up to us.
Gerçekliğin dehşet verici manzaraları gözlerimizin
önüne serilecek.
And we will be left in a frightful vantage point.
Ve biz korkunç bir konumda kalacağız.
**We will either go mad from the revelation we are
given.**
Bize verilen bu vahiy karşısında ya delireceğiz ya da
aklımızı kaybedeceğiz.

Or we will flee from the deadly light that we will see.
Ya da göreceğimiz ölümcül ışıktan kaçacağız.
We will run from the knowledge we had always pursued.
Her zaman peşinden koştuğumuz bilgiden kaçacağız.
And we will seek the peace and safety of a new dark age.
Ve biz yeni bir karanlık çağın huzurunu ve güvenliğini arayacağız.
Theosophists have guessed at the scale of the cosmos.
Teosofistler evrenin ölçeği hakkında tahminlerde bulundular.
Our world is but a transient incident in this cycle.
Dünyamız bu döngüde geçici bir olaydan ibarettir.
The human race plays but a little role in the universe.
İnsan ırkının evrendeki rolü çok küçüktür.
The theosophists have hinted at strange methods of survival.
Teosofistler, hayatta kalmanın tuhaf yöntemlerine dair ipuçları verdiler.
But their suggestions would freeze a rational man's blood.
Ancak onların önerileri aklı başında bir insanın kanını dondururdu.
Only the optimism of their ideas hides the horror.
Onların fikirlerindeki iyimserlik, dehşeti gizliyor.
But it is not their ideas that chill me the most.
Ama beni en çok ürküten onların fikirleri değil.
It is something else that fills me with terror.
Beni dehşete düşüren başka bir şey daha var.
The single glimpse of forbidden eons I have seen.
Yasaklanmış çağlara dair gördüğüm tek bir anlık görüntü.
When I think of what I saw my blood stands still.

Gördüklerimi düşündükçe kanım donuyor.
Restlessness plagues my dreams since that glimpse.
O anlık bakıştan beri huzursuzluk rüyalarıma giriyor.
It came to me like all dreaded glimpses of truth.
Tüm korkulan gerçek kırıntıları gibi, bu da bana aniden geldi.
An accidental piecing together of separated things.
Birbirinden ayrı şeylerin tesadüfen bir araya getirilmesi.
An old newspaper item and the notes of a dead professor.
Eski bir gazete haberi ve ölmüş bir profesörün notları.
In a flash everything was pieced together before me.
Bir anda her şey gözümün önünde bir araya geldi.
I hope no one else will accomplish this terrible insight.
Umarım başka hiç kimse bu korkunç öngörüyü gerçekleştirmez.
Certainly, if I live, I shall never help anyone to know it.
Eğer yaşarsam, kimsenin bunu bilmesine asla yardımcı olmayacağım.
I shall never knowingly supply a link in so hideous a chain.
Böylesine korkunç bir zincirin halkası olmaya asla bilerek yanaşmayacağım.
I think that the professor, too, intended to keep silent.
Bence profesör de sessiz kalmayı amaçlamıştı.
He didn't mean to share the secrets that he knew.
Bildiği sırları paylaşmak istememişti.
And I'm sure he would have destroyed his notes.
Ve eminim ki notlarını yok ederdi.
If he had not been seized by sudden and suspicious death.
Ani ve şüpheli bir ölümle yakalanmamış olsaydı.

***

My knowledge of the thing began in the winter of 1926-27.

Bu konu hakkındaki bilgim 1926-27 kışında başladı.

My great-uncle was the professor George Gammell Angell.

Büyük amcam Profesör George Gammell Angell'di.

He was the Professor Emeritus of Semitic languages.

Kendisi Semitik diller alanında Fahri Profesördü.

He lectured in Brown University, Providence, Rhode Island.

Providence, Rhode Island'daki Brown Üniversitesi'nde öğretim görevlisi olarak çalıştı.

His death, at the age of ninety-two, triggered the event.

Onun 92 yaşında vefat etmesi bu olayı tetikledi.

He was widely known as an authority on ancient inscriptions.

Antik yazıtlar konusunda geniş çapta tanınan bir otoriteydi.

Heads of prominent museums came to him for his expertise.

Önde gelen müzelerin yöneticileri, uzmanlığından yararlanmak için ona başvuruyorlardı.

So his death was noticed by many within academic circles.

Dolayısıyla ölümü akademik çevrelerde birçok kişi tarafından fark edildi.

Interest was intensified by the obscurity of his death.

Ölümünün gizemi, ilgiyi daha da artırdı.

It occurred as he was disembarking from the Newport boat.

Olay, Newport gemisinden inerken meydana geldi.

Witnesses say a dark nautical-looking fellow had jostled him.
Görgü tanıkları, esmer, denizci görünümlü bir adamın ona çarptığını söylüyor.
After being stricken, he fell suddenly, witnesses say.
Görgü tanıklarının ifadelerine göre, vurulduktan sonra aniden yere düştü.
Physicians were unable to find any visible disorder.
Doktorlar gözle görülür herhangi bir rahatsızlık tespit edemediler.
After some perplexed debate they reached their conclusion.
Biraz kafa karışıklığıyla dolu tartışmaların ardından sonuca vardılar.
"It must have been a lesion of the heart," they agreed.
"Kalpte bir lezyon olmalıydı," diye hemfikir oldular.
"After all, he was rather an elderly man," they added.
"Sonuçta, oldukça yaşlı bir adamdı," diye eklediler.
"the brisk ascent of the steep hill caused his end."
"Dik yokuşu hızla tırmanması onun sonunu getirdi."
At the time I saw no reason to dissent from this dictum.
O zamanlar bu görüşe karşı çıkmak için hiçbir neden görmemiştim.
But latterly I am inclined to wonder about their conclusion.
Ancak son zamanlarda onların vardığı sonuca şüpheyle bakmaya başladım.
And I do more than just wonder if they were right.
Ve ben sadece onların haklı olup olmadıklarını merak etmekle kalmıyorum.

***

My grand-uncle died alone as a childless widower.
Büyük amcam çocuksuz bir dul olarak yalnız başına
öldü.
And so I became heir and executor to his possessions.
Böylece onun mal varlığının mirasçısı ve vasiyetini
yerine getiren kişi oldum.
So I was expected to go over his papers and writings.
Dolayısıyla benden onun evraklarını ve yazılarını
incelemem bekleniyordu.
**I moved his entire set of files and boxes to my Boston
home.**
Dosyalarının ve kutularının tamamını Boston'daki evime
taşıdım.
**Much of the materials I collected will later be
published.**
Topladığım materyallerin büyük bir kısmı daha sonra
yayınlanacak.
**Many academics in his field took great interest in his
work.**
Alanındaki birçok akademisyen onun çalışmalarına
büyük ilgi gösterdi.
**The American archeological society relied on him
greatly.**
Amerikan arkeoloji topluluğu ona büyük ölçüde
güveniyordu.
**But there was one box which I found exceedingly
puzzling.**
Ancak kutulardan biri bana son derece kafa karıştırıcı
geldi.
**I felt much averse from showing these files to other
eyes.**
Bu dosyaları başkalarının görmesine kesinlikle
karşıydım.
The box had been locked, unlike the other boxes.

Diğer kutuların aksine, bu kutu kilitliydi.

And initially I found no key that would open this box.

Ve ilk başta bu kutuyu açacak bir anahtar bulamadım.

But then the location of the key occurred to me.

Ama sonra anahtarın yeri aklıma geldi.

The professor always carried a keyring in his pocket.

Profesör her zaman cebinde bir anahtarlık taşırdı.

It was indeed one of these keys that opened the box.

Kutuyu açan anahtar gerçekten de bu anahtarlardan biriydi.

But in the box was a still more closely locked barrier.

Ancak kutunun içinde çok daha sıkı bir şekilde kilitlenmiş bir bariyer vardı.

What could be the meaning of the queer bas-relief?

Bu tuhaf kabartmanın anlamı ne olabilir?

Various paper cuttings accompanied the bas-relief.

Kabartmanın yanında çeşitli kağıt kesimleri de yer alıyordu.

What did the disjointed jottings and ramblings allude to?

Birbirinden kopuk karalamalar ve rastgele yazılar neye işaret ediyordu?

Had my uncle become credulous to superficial impostures?

Amcam yüzeysel aldatmacalara mı kanmıştı?

Perhaps in his later years his criticalness thought slowed.

Belki de ilerleyen yıllarında eleştirel düşünme yeteneği yavaşladı.

Someone had disturbed this old man's peace of mind.

Birileri bu yaşlı adamın huzurunu bozmuştu.

And so I resolved to locate the eccentric sculptor.

Ve böylece bu eksantrik heykeltıraşı bulmaya karar verdim.

The man who set in motion my uncle's strange obsession.

Amcamın bu tuhaf takıntısını başlatan adam.

***

The bas-relief was roughly shaped like a rectangle.

Kabartma kabaca dikdörtgen şeklindeydi.

The rectangular shape was less than an inch thick.

Dikdörtgen şeklin kalınlığı bir inçten azdı.

And the bas-relief was about five by six inches in area.

Kabartmanın alanı yaklaşık beş inç altı inçti.

It was obvious that the bas-relief was of modern origin.

Kabartmanın modern bir eser olduğu aşikardı.

The designs, however, were far from modern in atmosphere.

Ancak tasarımlar, modern bir atmosfere sahip olmaktan çok uzaktı.

The inscriptions suggested a far older civilization.

Yazıtlar çok daha eski bir medeniyete işaret ediyordu.

The vagaries of cubism and futurism were many and wild.

Kübizmin ve fütürizmin değişkenlikleri çok ve kontrolsüzdü.

But normally such patterns fail to produce regularity.

Ancak normalde bu tür kalıplar düzenlilik oluşturmakta başarısız olur.

The cryptic regularity which lurks in prehistoric writing.

Tarih öncesi yazılarda gizli olan esrarengiz düzenlilik.

This regularity was certainly present in the bas-relief.

Bu düzenlilik, kabartmalarda kesinlikle mevcuttu.

I was certain the inscriptions represented a writing system.
Yazıtların bir yazı sistemini temsil ettiğinden emindim.
I had some familiarity with the papers of my uncle.
Amcamın evraklarına bir nebze aşinaydım.
And I had looked through all of his collections and works.
Ve ben de onun tüm koleksiyonlarını ve eserlerini incelemiştim.
But I failed to find any writing that was similar.
Ancak benzer bir yazı bulamadım.
I could not geographically place this alphabet in any way.
Bu alfabeyi coğrafi olarak hiçbir şekilde konumlandıramadım.
Nor could I guess from what time this writing came from.
Bu yazının hangi döneme ait olduğunu da tahmin edemedim.
Above these apparent hieroglyphics there was a figure.
Görünen bu hiyerogliflerin üzerinde bir figür vardı.
The figure was evidently only of pictorial intent.
Bu figürün yalnızca görsel amaçlı olduğu açıkça görülüyor.
The impressionism of the picture added to the mystery.
Resmin empresyonist üslubu gizemi daha da artırdı.
No clear idea of the creature's nature could be discerned.
Yaratığın doğası hakkında net bir fikir edinilemedi.
The creature seemed to be a monster, of some sort.
Yaratık bir çeşit canavara benziyordu.
Or the symbol represented a monster, of some sort.
Ya da sembol bir tür canavarı temsil ediyordu.
Only a diseased mind could conceive of such a form.

Böyle bir biçimi ancak hasta bir zihin tasavvur edebilir.

My imagination yielded different pictures simultaneously.

Hayal gücüm aynı anda farklı resimler üretti.

But my imagination may also be somewhat extravagant.

Ama hayal gücüm biraz da abartılı olabilir.

An octopus, a dragon, and also a human caricature.

Bir ahtapot, bir ejderha ve ayrıca bir insan karikatürü.

I shall try not be unfaithful to the spirit of the thing.

İşin özüne sadık kalmaya çalışacağım.

A pulpy, tentacled head surmounted a scaly body.

Pullu bir gövdenin üzerinde, etli ve dokunaçlı bir kafa vardı.

Rudimentary wings protruded from the grotesque shape.

Çirkin şekilden ilkel kanatlar çıkıntı yapıyordu.

But the shape of the monster wasn't even the worst part.

Ama canavarın şekli en kötü yanı bile değildi.

The background of the picture was even more frightening.

Resmin arka planı ise daha da korkutucuydu.

The scenery had a vague suggestion of another civilization.

Manzara, başka bir medeniyetin izlerini belirsiz bir şekilde taşıyordu.

Cyclopean architecture from a forgotten part of the world.

Dünyanın unutulmuş bir köşesinden devasa mimari eserler.

***

Only some notes and press cuttings accompanied the oddity.

Bu tuhaflığa yalnızca birkaç not ve gazete kupürü eşlik ediyordu.

The press cuttings seemed to be only vaguely related.

Gazete kupürleri arasında yalnızca belirsiz bir bağlantı olduğu anlaşılıyordu.

The hand written notes were all from my uncle.

El yazısıyla yazılmış notların hepsi amcamdan gelmişti.

But his notes made no pretense to any literary style.

Ancak notlarında herhangi bir edebi üslup iddiasında bulunmuyordu.

There was no ordering mechanism to any of the papers.

Makalelerin hiçbirinde sıralama mekanizması yoktu.

Although there seemed to be a master document to the notes.

Notların ana bir belgesi varmış gibi görünse de.

This document was ascribed to the cult of Cthulhu

Bu belge Cthulhu kültüne atfedilmiştir.

The word's letters had been painstakingly written out.

Kelimenin harfleri büyük bir özenle yazılmıştı.

There should be no erroneous reading of the unheard of word.

Duyulmamış kelimenin yanlış okunması söz konusu olmamalıdır.

This Cthulhu manuscript was divided into two sections;

Bu Cthulhu el yazması iki bölüme ayrılmıştı;

The first manuscript was titled the following:

İlk el yazmasının başlığı şu şekildeydi:

"1925 - Dream and Dream Work of H. A. Wilcox"

"1925 - HA Wilcox'un Rüyası ve Rüya Eseri"

"7 Thomas St., Providence, Road Island"

"7 Thomas St., Providence, Road Island"
And the second manuscript was titled the following:
İkinci el yazmasının başlığı ise şöyleydi:
"Narrative of Inspector John R. Legrasse"
"Müfettiş John R. Legrasse'nin Anlatısı"
"121 Bienville St., New Orleans, 1908 Meetings."
"121 Bienville St., New Orleans, 1908 Toplantıları."
"Notes on Same, & Prof. Webb's account of events"
"Same ile ilgili notlar ve Prof. Webb'in olaylara dair anlatımı"
The other manuscript papers were all brief notes.
Diğer el yazması belgelerin hepsi kısa notlardan ibaretti.
Some manuscripts described the queer dreams of different persons.
Bazı el yazmalarında farklı kişilerin tuhaf rüyaları anlatılıyordu.
Some manuscripts cited from theosophical books and magazines.
Teosofik kitap ve dergilerden alıntı yapılan bazı el yazmaları.
Notably, most of these citations were from W. Scott-Eliott.
Dikkat çekici olan, bu alıntıların çoğunun W. Scott-Eliott'tan gelmesidir.
Mainly the notes referenced Atlantis and the Lost Lemuria.
Notlarda ağırlıklı olarak Atlantis ve Kayıp Lemuria'ya atıfta bulunuluyordu.
The other notes commented on long-surviving secret societies.
Diğer notlarda ise uzun süre varlığını sürdüren gizli topluluklardan bahsediliyordu.
Hidden cults that may or may not still exist somewhere.

Belki de hâlâ bir yerlerde varlığını sürdüren, belki de sürdürmeyen gizli tarikatlar.
Two books seemed to provide most of the information;
İki kitap, bilgilerin çoğunu sağlıyor gibiydi;
Miss Murray's Witch-Cult in Western Europe.
Bayan Murray'nin Batı Avrupa'daki Cadı Kültü.
This book thoroughly detailed Mythological sources.
Bu kitap, mitolojik kaynakları son derece ayrıntılı bir şekilde ele almaktadır.
And Frazer's Golden Bough provided anthropological sources.
Frazer'ın Altın Dalı ise antropolojik kaynaklar sağladı.

***

The cuttings largely alluded to outré mental illnesses.
Kesitlerde çoğunlukla sıra dışı akıl hastalıklarına göndermeler yapılıyordu.
Outbreaks of group folly and mania in the spring of 1925.
1925 baharında toplu delilik ve çılgınlık salgınları yaşandı.
The first half of the manuscript told a very peculiar tale.
El yazmasının ilk yarısı çok tuhaf bir hikaye anlatıyordu.
1925, the 1st of March, a thin dark young man came to my uncle.
1 Mart 1925'te, zayıf, esmer bir genç adam amcamın yanına geldi.
The manuscript describes his neurotic and excited aspect.
Yazıda onun nevrotik ve heyecanlı yönü anlatılıyor.
And he bore with him the strange bas-relief.
Ve o garip kabartmayı da yanında taşıdı.

At that time the bas-relief was exceedingly damp and fresh.

O dönemde kabartma son derece nemli ve tazeydi.

His card bore the name of Henry Anthony Wilcox.

Kartında Henry Anthony Wilcox adı yazıyordu.

And my uncle had slightly recognized who he was.

Amcam onun kim olduğunu az çok anlamıştı.

He was the youngest son of an excellent family.

O, mükemmel bir ailenin en küçük oğluydu.

Latterly he had been studying sculpture at Rhode Island.

Son zamanlarda Rhode Island'da heykelcilik eğitimi alıyordu.

He lived alone at the Fleur-de-Lys Building.

Fleur-de-Lys binasında yalnız yaşıyordu.

His residences were near the university.

Konutları üniversiteye yakındı.

Wilcox was a precocious youth of known genius.

Wilcox, zekasıyla tanınan, erken gelişmiş bir gençti.

But he was also known for his great eccentricity.

Ancak aynı zamanda son derece eksantrik kişiliğiyle de tanınıyordu.

From childhood he had excited the attention of others.

Çocukluğundan beri başkalarının dikkatini çekiyordu.

He told of strange stories no one had told him about.

Kimsenin kendisine anlatmadığı tuhaf hikayeler anlattı.

And he was in the habit of relating strange dreams.

Ve garip rüyalarını anlatma alışkanlığı vardı.

He described himself as "psychically hypersensitive".

Kendisini "psikik olarak aşırı duyarlı" olarak tanımladı.

But those around him had other descriptions for him.

Ancak çevresindekiler onu farklı şekillerde tanımlamışlardı.

They were staid folk of the ancient commercial city.

Onlar, eski ticaret kentinin ağırbaşlı insanlarıydı.
And they dismissed him as merely strange and "queer".
Ve onu sadece garip ve "tuhaf" olarak nitelendirip
geçiştirdiler.
And so he never mingled much with his kind.
Bu yüzden kendi türünden olanlarla pek fazla bir araya
gelmedi.
And he had dropped gradually from social visibility.
Ve zamanla toplumsal görünürlüğü giderek azalmıştı.
Now he is known only to a small group of esthetes.
Şimdi ise sadece küçük bir estetikçi grup tarafından
tanınıyor.
**And those who knew him came mostly from other
towns.**
Onu tanıyanların çoğu başka şehirlerden geliyordu.
**Even the Providence art club had found him quite
hopeless.**
Providence sanat kulübü bile onu tamamen umutsuz
vaka olarak görmüştü.
**Of course they were anxious to preserve their
conservatism.**
Elbette muhafazakarlıklarını korumak konusunda
oldukça istekliydiler.

***

**The professor's manuscript continued to describe the
visit.**
Profesörün el yazması, ziyareti anlatmaya devam
ediyordu.
**The sculptor abruptly asked for his host's archeological
knowledge.**
Heykeltıraş aniden ev sahibinin arkeoloji bilgisine dair
soru sordu.

He wanted him to identify the hieroglyphics on the bas-relief.

Ondan kabartma üzerindeki hiyeroglifleri tanımlamasını istedi.

He spoke in a dreamy and rather stilted manner.

Dalgın ve biraz da yapmacık bir şekilde konuştu.

His speech suggested pose and alienated sympathy.

Konuşması yapmacıklık içeriyordu ve sempatiyi uzaklaştırdı.

And my uncle showed some sharpness in his reply.

Amcam da cevabında biraz sertlik gösterdi.

Because the bas-relief was still conspicuously freshness.

Çünkü kabartma hâlâ belirgin bir şekilde yeni görünümünü koruyordu.

So there was no need for any kinship with archeology.

Dolayısıyla arkeolojiyle herhangi bir akrabalığa gerek yoktu.

Young Wilcox's rejoinder was of a fantastically poetic cast.

Genç Wilcox'un cevabı son derece şiirsel bir nitelik taşıyordu.

My uncle must have been impressed with the reply.

Amcam bu cevaptan etkilenmiş olmalı.

And he recorded the reply of Wilcox verbatim.

Ve Wilcox'un cevabını kelimesi kelimesine kaydetti.

"The bas-relief is indeed still conspicuously fresh."

"Kabartma gerçekten de hâlâ gözle görülür derecede yeni."

"Because I made this bas-relief last night, after a dream."

"Çünkü bu kabartmayı dün gece bir rüya gördükten sonra yaptım."

"A dream of strange cities and stranger people."

"Garip şehirlerin ve daha da garip insanların hayali."
"And dreams are older than brooding Tyros."
"Ve hayaller, kederli Tyros'tan daha eskidir."
"Dreams are older than the contemplative Sphinx."
"Rüyalar, tefekkür halindeki Sfenks'ten daha eskidir."
"And dreams are older than the garden-girdled Babylon."
"Ve hayaller, bahçelerle çevrili Babil'den daha eskidir."
This type of speech turned out to be characteristic of him.
Bu konuşma tarzının onun karakteristik özelliği olduğu ortaya çıktı.
It was then that he began that rambling tale.
İşte o zaman bu uzun ve karmaşık hikayeyi anlatmaya başladı.
The tale which suddenly played upon a sleeping memory.
Uyuyan bir anıyı aniden canlandıran öykü.
The tale that won the fevered interest of my uncle.
Amcamın büyük ilgisini çeken hikaye.

***

There had been a slight earthquake tremor the night before.
Bir önceki gece hafif bir deprem sarsıntısı olmuştu.
The most considerable tremor New England had felt for some years.
Yeni İngiltere'nin son yıllarda hissettiği en büyük depremdi.
Wilcox's imagination had been keenly affected by the earthquake.
Deprem, Wilcox'un hayal gücünü derinden etkilemişti.

He had had an unprecedented dream of great Cyclopean cities.

O, eşi benzeri görülmemiş, devasa Kiklop şehirleri hayal etmişti.

He dreamed of Titan blocks and sky-flung monoliths.

O, devasa bloklar ve gökyüzüne uzanan monolitler hayal ediyordu.

All the architecture was dripping with green ooze.

Tüm yapılar yeşil bir sıvıyla kaplıydı.

And his dreams were sinister with latent horror.

Ve rüyaları, gizli bir dehşetle dolu, uğursuzdu.

Hieroglyphics had covered the walls and pillars.

Duvarlar ve sütunlar hiyerogliflerle kaplıydı.

From somewhere underneath there came a sound.

Aşağıdan bir yerden bir ses geldi.

The sound was of a voice, but it was not a voice.

Ses bir sese benziyordu, ama aslında bir ses değildi.

A chaotic sensation which only fancy could transmute into sound.

Sadece hayal gücünün sese dönüştürebileceği kaotik bir duygu.

He attempted to say the almost unpronounceable word.

Telaffuz edilmesi neredeyse imkansız olan kelimeyi söylemeye çalıştı.

A jumble of unlikely letters; "Cthulhu fhtagn".

Birbirine uymayan harflerden oluşan bir karmaşa; "Cthulhu fhtagn".

This verbal jumble was the key to my uncle's recollection.

Bu sözlü karmaşa, amcamın hatırlama yeteneğinin anahtarıydı.

This strange sound excited and disturbed Professor Angell.

Bu garip ses Profesör Angell'i hem heyecanlandırdı hem
de rahatsız etti.
He questioned the sculptor with scientific minuteness.
Heykeltıraşı bilimsel bir titizlikle sorguladı.
He studied the bas-relief with almost frantic intensity.
Kabartmayı neredeyse çılgınca bir yoğunlukla inceledi.
My uncle blamed his old age, Wilcox afterward said.
Wilcox daha sonra, amcamın yaşlılığını suçladığını
söyledi.
**In his younger days he would have recognized the
hieroglyphics.**
Gençlik yıllarında hiyeroglifleri tanımış olmalıydı.
**The pictorial design wouldn't have puzzled his sharper
mind.**
Resimsel tasarım, daha zeki olan zihnini şaşırtmazdı.
**Many of his questions seemed highly out of place to
his visitor.**
Sorduğu soruların çoğu, ziyaretçisine oldukça yersiz
geldi.
He tried to connect him to strange mythological cults.
Onu tuhaf mitolojik kültlerle ilişkilendirmeye çalıştı.
**He tried to get him to admit affiliation to secret
societies.**
Onu gizli örgütlerle bağlantısını itiraf etmeye zorlamaya
çalıştı.
My uncle even promised to keep his visitor's secret.
Amcam, ziyaretçisinin sırrını saklayacağına bile söz
verdi.
"Are you not part of a widespread mystical group?"
"Siz yaygın bir mistik grubun parçası değil misiniz?"
"Are you not a member of a paganly religious body?"
"Siz putperest bir dini topluluğun üyesi değil misiniz?"
**Eventually he became convinced the sculptor wasn't a
member.**

Sonunda heykeltıraşın dernek üyesi olmadığına ikna oldu.

He was indeed ignorant of any cult or system of cryptic lore.

O, gerçekten de herhangi bir kült veya gizemli bilgi sisteminden habersizdi.

He besieged his visitor with demands for future reports of dreams.

Ziyaretçisini, gelecekte göreceği rüyalar hakkında bilgi vermesini talep ederek adeta kuşattı.

This strange request bore regular and interesting fruit.

Bu garip istek, düzenli ve ilginç sonuçlar verdi.

***

After the first interview the manuscript records daily calls.

İlk görüşmenin ardından, el yazması günlük telefon görüşmelerini kaydediyor.

He related startling fragments of nocturnal imagery.

Geceye dair çarpıcı görüntülerden parçalar aktardı.

There were always the same themes in his dreams.

Rüyalarında hep aynı temalar yer alıyordu.

A terrible Cyclopean vista of dark and dripping stone.

Karanlık ve damlayan taşlardan oluşan korkunç, devasa bir manzara.

A subterranean voice or intelligence shouting monotonously.

Yeraltından gelen, monoton bir şekilde bağıran bir ses veya zeka.

Two sounds seemed to repeat themselves in his dreams.

Rüyalarında iki ses sürekli tekrar ediyormuş gibiydi.

But these sounds were as enigmatic as the other
sounds.
Ancak bu sesler de diğer sesler kadar gizemliydi.
The sounds can only be rendered by the letters
"Cthulhu" and "R'lyeh".
Bu sesler yalnızca "Cthulhu" ve "R'lyeh" harfleriyle
oluşturulabilir.
On March 23rd, the manuscript continued, Wilcox
failed to come.
Metnin devamında, 23 Mart'ta Wilcox'un gelmediği
belirtiliyordu.
My uncle made inquiries at the quarters of his
whereabouts.
Amcam, nerede olduğunu öğrenmek için bulunduğu
yerlerde soruşturma başlattı.
That night he had been stricken with an obscure sort of
fever.
O gece bilinmeyen bir tür ateşe yakalanmıştı.
And he was taken to the home of his family in
Waterman Street.
Ve Waterman Caddesi'ndeki ailesinin evine götürüldü.
That night he had cried out in one of his dreams.
O gece rüyalarından birinde bağırmıştı.
His cries aroused several other artists in the building.
Onun çığlıkları binadaki diğer birkaç sanatçıyı da
harekete geçirdi.
And he was between alternations of unconsciousness
and delirium.
Ve bilinçsizlik ile sayıklama arasında gidip geliyordu.
My uncle at once telephoned the family of Wilcox.
Amcam hemen Wilcox ailesini telefonla aradı.
And from that time forward he kept close watch of the
case.
Ve o zamandan itibaren davayı yakından takip etti.

He called often at the Thayer Street office of Dr.
Tobey.

Doktor Tobey'nin Thayer Caddesi'ndeki ofisine sık sık
uğrardı.

Dr. Tobey was in charge of the patient's condition.

Hastanın durumuyla ilgili sorumluluk Dr. Tobey'e aitti.

**The youth's febrile mind was dwelling on strange
things.**

Gencin ateşli zihni tuhaf şeylerle meşguldü.

**The doctor shuddered now and then as he spoke of the
dreams.**

Doktor, rüyalardan bahsederken zaman zaman
ürperiyordu.

The dreams repeated a lot of the earlier themes.

Rüyalar, daha önceki öykülerde ele alınan temaları
büyük ölçüde tekrarladı.

But now his dreams made mention of something new.

Ama şimdi rüyalarında yeni bir şeyden bahsediyordu.

**A gigantic thing "a miles high" which walked, or
lumbered about.**

Yürüyen ya da ağır ağır ilerleyen, "bir mil
yüksekliğinde" devasa bir şey.

He at no time fully described this object in any detail.

Hiçbir zaman bu nesneyi ayrıntılı olarak tarif etmedi.

But Dr. Tobey relayed the frantic words of his patient.

Ancak Dr. Tobey hastasının telaşlı sözlerini aktardı.

**And the professor became increasingly certain of what
it was.**

Profesör, bunun ne olduğuna giderek daha fazla emin
oldu.

**The nameless monstrosity he had sought to depict in
his sculpture.**

Heykelinde tasvir etmeyi amaçladığı isimsiz canavar.

The doctor had mentioned the bas-relief he had made.

Doktor yaptığı kabartmadan bahsetmişti.

This mention preludes the young man's subsidence into lethargy.

Bu söz, genç adamın uyuşukluğa düşmesinin habercisi niteliğindedir.

His temperature, oddly enough, was not greatly above normal.

İlginç bir şekilde, vücut sıcaklığı normalin çok üzerinde değildi.

But his general condition suggested he was in a fever.

Ancak genel durumu ateşinin olduğunu gösteriyordu.

A fever, as opposed to being in the grasp of a mental disorder.

Ateş, zihinsel bir rahatsızlığın pençesinde olmaktan farklıdır.

***

On April 2nd at about 3 p.m. the fever came to an end.

2 Nisan günü saat 15:00 civarında ateş geçti.

Every trace of Wilcox's malady suddenly ceased.

Wilcox'un rahatsızlığının tüm izleri aniden ortadan kayboldu.

He sat upright in bed as if waking up from regular sleep.

Yatakta, sanki normal bir uykudan yeni uyanmış gibi dik oturdu.

He was astonished to find himself at his parents' home.

Anne babasının evinde olduğunu görünce çok şaşırdı.

And he was completely ignorant of what had happened.

Olanlardan tamamen habersizdi.

Neither dream nor reality had made an impression on his mind.
Ne rüya ne de gerçeklik zihninde bir iz bırakmıştı.
Dr. Tobey pronounced him fit to be dismissed from his care.
Doktor Tobey, hastanın tedaviden taburcu edilebilecek durumda olduğuna karar verdi.
And he returned to his quarters three days later.
Ve üç gün sonra odasına geri döndü.
But to Professor Angell he was of no further assistance.
Ancak Profesör Angell'e bundan daha fazla yardımcı olamadı.
All traces of strange dreaming had vanished with his recovery.
İyileşmesiyle birlikte tuhaf rüyaların tüm izleri kaybolmuştu.
For a week he recounted irrelevant and thoroughly usual visions.
Bir hafta boyunca alakasız ve son derece sıradan görümlerini anlattı.
And my uncle kept no further record of his night-thoughts.
Amcam geceki düşüncelerine dair başka hiçbir kayıt tutmadı.
At this point the first part of the manuscript ended.
Bu noktada el yazmasının ilk bölümü sona erdi.
But my research was still anything but concluded.
Ancak araştırmam henüz sonuçlanmaktan çok uzaktı.
References to scattered notes helped piece things together.
Dağınık notlara yapılan atıflar, parçaları bir araya getirmeme yardımcı oldu.
And there was more than enough material for thought.
Ve düşünmek için fazlasıyla malzeme vardı.

My distrust of the artist had still not subsided.

Sanatçıya olan güvensizliğim hâlâ dinmemişti.

But this was largely a result of my ingrained skepticism.

Ancak bu büyük ölçüde içselleşmiş şüpheciliğimin bir sonucuydu.

The notes described the dreams of various persons.

Notlarda çeşitli kişilerin rüyaları anlatılıyordu.

These dreams all occurred while young Wilcox was in his fever.

Bu rüyaların hepsi genç Wilcox'un ateşli olduğu dönemde görüldü.

My uncle, it seems, wasted no time in collecting the data.

Amcam, anlaşılan, verileri toplamakta hiç vakit kaybetmemiş.

He had quickly instituted a prodigiously far-flung body of inquiries.

Hızla son derece geniş kapsamlı bir soruşturma başlattı.

Any friend that didn't show impertinence he questioned.

Saygısızlık göstermeyen her arkadaşını sorguya çekti.

He requested from them nightly reports of their dreams.

Onlardan her gece rüyalarını anlatmalarını istedi.

And he asked if they had had any notable visions of late.

Ve onlara son zamanlarda kayda değer herhangi bir vizyon görüp görmediklerini sordu.

The reception of his request seems to have been varied.

Talebine verilen tepkiler çeşitlilik göstermiş gibi görünüyor.

But there was certainly no shortage in replies.

Ancak yanıtların sayısı kesinlikle az değildi.

No ordinary man could have handled the replies alone.
Sıradan bir adam tek başına bu cevaplarla başa
çıkamazdı.
The original correspondences were not preserved.
Orijinal yazışmalar korunmamıştır.
But his notes formed a thorough and significant digest.
Ancak notları kapsamlı ve önemli bir özet oluşturdu.

***

Initially he had approached average people in society.
Başlangıçta toplumdaki sıradan insanlara yaklaşmıştı.
New England's traditional "salt of the earth".
Yeni İngiltere'nin geleneksel "toprağın tuzu".
**But this group gave an almost completely negative
result.**
Ancak bu grup neredeyse tamamen olumsuz bir sonuç
verdi.
Though there were some exceptions to this group too.
Ancak bu grubun da bazı istisnaları vardı.
**Scattered cases of uneasy but formless nocturnal
impressions.**
Geceleyin ortaya çıkan, huzursuz edici ancak biçimsiz
izlenimlere dair dağınık vakalar.
**Their reports were always between March 23rd and
April 2nd.**
Raporları her zaman 23 Mart ile 2 Nisan arasında
veriliyordu.
**This aligned with the same period of young Wilcox's
delirium.**
Bu durum, genç Wilcox'un hezeyan nöbetleriyle aynı
döneme denk geliyordu.
Men of science had been only a little more affected.

Bilim insanları ise bu durumdan biraz daha fazla etkilenmişti.

Though four cases of vague description were of interest.

Belirsiz tanımlamalar içeren dört vaka ilgi çekiciydi.

They had had fugitive glimpses of strange landscapes.

Garip manzaralara dair kısa süreli gözlemler yapmışlardı.

And in one case a dread of something abnormal was mentioned.

Bir vakada ise anormal bir şeyin olacağına dair bir korku dile getirildi.

It was from the artists and poets that the pertinent answers came.

İlgili cevaplar sanatçılardan ve şairlerden geldi.

It is a blessing no one had been able to compare notes.

Kimsenin notlarını karşılaştırma fırsatı bulamamış olması bir nimetti.

Panic would have broken loose had they shared their visions.

Vizyonlarını paylaşmış olsalardı, büyük bir panik yaşanırdı.

This, however, did not dispel my ingrained skepticism.

Ancak bu, içimde kökleşmiş olan şüpheciliğimi ortadan kaldırmadı.

Others might have come to mythical conclusions much quicker.

Diğerleri efsanevi sonuçlara çok daha çabuk ulaşmış olabilirlerdi.

But the original letters were lacking from the notes.

Ancak notlarda orijinal harfler eksikti.

I half suspected the compiler of having asked leading questions.

Derleyicinin yönlendirici sorular sormuş olabileceğinden yarı yarıya şüpheleniyordum.
Or perhaps the correspondences weren't entirely original.
Ya da belki de yazışmalar tamamen özgün değildi.
Perhaps my uncle had resolved to confirm Wilcox's dreams.
Belki de amcam Wilcox'un hayallerini doğrulamaya karar vermişti.
That is why I continued to feel suspicious of the sculptor.
Bu yüzden heykeltıraşa karşı şüphelerim devam etti.
Perhaps he was still cognizant of my uncle's old data.
Belki de amcamın eski verilerinin hâlâ farkındaydı.
Perhaps he had been imposing on the veteran scientist.
Belki de kıdemli bilim insanını rahatsız ediyordu.
Nonetheless, the corroborating data had to be investigated.
Bununla birlikte, destekleyici verilerin incelenmesi gerekiyordu.

***

The responses from the esthetes told a disturbing tale.
Estetik meraklılarından gelen yanıtlar rahatsız edici bir hikaye anlattı.
From February 28th to April 2nd their dreams aligned.
28 Şubat'tan 2 Nisan'a kadar hayalleri örtüştü.
And a large proportion of them had dreamed very bizarre things.
Ve bunların büyük bir kısmı çok tuhaf şeyler rüya görmüştü.
The timing of the intensity of their dreams was also of interest.

Rüyalarının yoğunluğunun zamanlaması da ilgi çekiciydi.

The period of the sculptor's delirium marked a highpoint.

Heykeltıraşın hezeyan dönemi, zirve noktasıydı.

The intensity of their dreams were immeasurably the stronger.

Hayallerinin yoğunluğu ölçülemez derecede daha büyüktü.

Over a quarter reported unfamiliar and unpronounceable sounds.

Katılımcıların dörtte birinden fazlası alışılmadık ve telaffuz edilemeyen sesler duyduklarını bildirdi.

Noises not dissimilar to what Wilcox had also described.

Wilcox'un da tarif ettiği seslere çok benzeyen sesler.

Some described highly elaborate and impossible architecture.

Bazıları bu mimariyi son derece karmaşık ve imkansız olarak tanımladı.

And some of the dreamers confessed to an acute fear.

Rüya görenlerden bazıları ise derin bir korku duyduklarını itiraf ettiler.

Like Wilcox, they had seen some gigantic nameless thing.

Wilcox gibi onlar da devasa, isimsiz bir şey görmüşlerdi.

One case, which the note describes with emphasis, was very sad.

Notta özellikle vurgulanan bir olay çok üzücüydü.

The subject was a widely known architect of the region.

Söz konusu kişi, bölgenin tanınmış bir mimarıydı.

He too had leanings toward theosophy and occultism.

O da teozofiye ve okültizme eğilimliydi.

This man went violently insane on March the 22nd.
Bu adam 22 Mart'ta şiddetli bir şekilde aklını kaybetti.
The exact same date of young Wilcox's seizure.
Genç Wilcox'un nöbet geçirdiği tarihle tam olarak aynı.
He expired several months later, after incessant screaming.
Aylar sonra, aralıksız bağırdıktan sonra hayatını kaybetti.
He begged to be saved from some escaped denizen of hell.
Cehennemden kaçmış bir varlığın elinden kurtarılmak için yalvardı.
Regrettably, my uncle did not refer to these cases by name.
Maalesef amcam bu vakalardan isimleriyle bahsetmedi.
Instead, all studies were given nothing more than a number.
Bunun yerine, tüm çalışmalara yalnızca bir numara verildi.
This way I was limited in attempting any personal investigation.
Bu şekilde kişisel bir soruşturma yapma girişimlerim kısıtlandı.
And corroborating the evidence further was demanding.
Kanıtları daha da doğrulamak ise oldukça zorlayıcıydı.
But finally I did succeed in tracing down some cases.
Ama sonunda bazı vakaların izini sürmeyi başardım.
I should have trusted the notes from my uncle.
Amcamın notlarına güvenmeliydim.
They reported their dreams true to their reports.
Rüyalarını raporlarına yansıttılar.
I have often wondered what they thought the questioning meant.

Onların bu sorgulamanın ne anlama geldiğini
düşündüklerini sık sık merak etmişimdir.
**It is for the best that no explanation shall ever reach
them.**
Onlara hiçbir açıklama ulaşmaması en iyisidir.

***

**As I have mentioned, my uncle also collected press
clippings.**
Daha önce de belirttiğim gibi, amcam da gazete
kupürleri toplardı.
**These press clippings corresponded to the dates in
question.**
Bu basın kupürleri söz konusu tarihlere denk geliyordu.
The sources were scattered throughout the globe.
Kaynaklar dünyanın dört bir yanına dağılmıştı.
**Professor Angell must have employed a cutting
bureau.**
Profesör Angell'in mutlaka bir sansür bürosu tutmuş
olması gerekirdi.
Because the number of extracts was tremendous.
Çünkü elde edilen özüt sayısı çok fazlaydı.
There was a parallel to this part of his research.
Araştırmasının bu bölümüyle paralel bir durum da söz
konusuydu.
Cases of panic, mania, and eccentricity.
Panik, mani ve tuhaflık vakaları.
One case was a nocturnal suicide in London.
Vakalardan biri Londra'da geceleyin gerçekleşen bir
intihar vakasıydı.
**A lone sleeper had leaped from a window after a
shocking cry.**

Tek başına uyuyan bir kişi, şok edici bir çığlığın ardından pencereden atladı.

A rambling letter to the editor of a paper in South America.

Güney Amerika'da yayınlanan bir gazetenin editörüne yazılmış, uzun ve karmaşık bir mektup.

A fanatic deduces a dire future from visions he had had.

Bir fanatik, gördüğü rüyalardan yola çıkarak korkunç bir gelecek öngörüyor.

A dispatch from California describes a theosophist colony.

Kaliforniya'dan gelen bir haberde bir teosofist kolonisi anlatılıyor.

They donned white robes en masse for some "glorious fulfilment".

"Muhteşem bir tatmin" için topluca beyaz cübbeler giydiler.

Although that "glorious fulfilment" never arose.

Ancak o "muhteşem gerçekleşme" hiçbir zaman olmadı.

There seems to be serious unrest from the natives in India.

Hindistan'da yerli halk arasında ciddi bir huzursuzluk olduğu görülüyor.

Voodoo orgies multiplied in Haiti.

Haiti'de voodoo ayinleri çoğaldı.

African outposts report ominous mutterings.

Afrika'daki karakollardan endişe verici mırıltılar duyulduğu bildiriliyor.

American officers in the Philippines find certain tribes bothersome.

Filipinler'deki Amerikalı subaylar bazı kabileleri rahatsız edici buluyor.

New York policemen are mobbed by hysterical Levantines.

New York polis memurları, histerik Levantlılar tarafından kuşatıldı.

This occurred exactly on the night of March 22-23.

Bu olay tam olarak 22-23 Mart gecesi gerçekleşti.

The west of Ireland, too, was full of wild rumor and legendry.

İrlanda'nın batısı da vahşi söylentiler ve efsanelerle doluydu.

A fantastic painter named Ardois-Bonnot made the news in France.

Ardois-Bonnot adındaki muhteşem bir ressam Fransa'da haberlere konu oldu.

He hung a blasphemous dream landscape in the Paris spring salon.

Paris bahar salonunda dine hakaret niteliğinde bir rüya manzarası sergiledi.

The recorded troubles in insane asylums were immeasurable.

Akıl hastanelerinde kaydedilen sorunların sayısı ölçülemezdi.

A miracle must have kept the medical fraternities unsuspecting.

Tıp camiasının hiçbir şeyden şüphelenmemesi bir mucize sayesinde olmuş olmalı.

But they never noted the strange parallelisms of the cases.

Ancak vakalar arasındaki garip paralellikleri hiçbir zaman fark etmediler.

Else they too would have come to mystified conclusions.

Aksi takdirde onlar da gizemli sonuçlara varacaklardı.

I must confess these were indeed a set of weird paper cuttings.

İtiraf etmeliyim ki bunlar gerçekten de tuhaf kağıt kesimleriydi.

My uncle had put forward a convincing argument.

Amcam ikna edici bir argüman ortaya koymuştu.

I can't explain how I set the evidence aside.

Kanıtları nasıl bir kenara bıraktığımı açıklayamam.

But my callous rationalism took the upper hand.

Ama benim duyarsız rasyonalizmim galip geldi.

And I was still suspicious of the young sculptor, Wilcox.

Ve ben hâlâ genç heykeltıraş Wilcox'tan şüpheleniyordum.

He must have known of the older matters mentioned by the professor.

Profesörün bahsettiği eski meselelerden haberdar olması gerekirdi.

<h3 style="text-align:center">The Tale of Inspecter Legrasse
Müfettiş Legrasse'nin Hikayesi</h3>

Let me turn your attention away from the young sculptor.
Şimdi dikkatinizi genç heykeltıraştan uzaklaştırayım.
And let us focus on the second half of the manuscript.
Şimdi de metnin ikinci yarısına odaklanalım.
A few dreams alone would not have been so significant.
Birkaç hayal tek başına o kadar önemli olmazdı.
The bas-relief could have been dismissed as a hoax.
Kabartma bir aldatmaca olarak değerlendirilebilirdi.
But my uncle had previously been primed to take interest.
Ama amcam daha önce bu konuya ilgi duymaya hazırlanmıştı.
Wilcox's dream seemed to have a link to past events.
Wilcox'un rüyası geçmiş olaylarla bağlantılı gibi görünüyordu.
It wasn't the first time that he had heard that word.
Bu kelimeyi ilk kez duymuyordu.
The ominous syllables perhaps written as "Cthulhu".
Uğursuz heceler belki de "Cthulhu" olarak yazılmıştı.
He had seen and heard of similar descriptions before.
Daha önce de benzer tanımlamalar görmüş ve duymuştu.
The hellish outlines of the nameless monstrosity.
İsimsiz canavarın cehennemvari hatları.
He had previously puzzled over the same hieroglyphics.
Daha önce de aynı hiyeroglifler üzerinde kafa yormuştu.
All this produced a horrible connection of events.
Bütün bunlar korkunç bir olaylar zincirine yol açtı.

It is no wonder he pursued young Wilcox with queries.
Genç Wilcox'a sorular sorması hiç de şaşırtıcı değil.
And we must not be surprised he interrogated Wilcox so.
Ve Wilcox'u bu şekilde sorgulamasına şaşırmamalıyız.
This earlier experience had come in the year of 1908.
Bu önceki deneyim 1908 yılında yaşanmıştı.
Seventeen years before Wilcox came to my great-uncle.
Wilcox'un büyük amcama gelmesinden on yedi yıl önce.
The archeological society were meeting in St. Louis.
Arkeoloji derneği St. Louis'de toplanıyordu.
Professor Angell had a prominent part in the deliberations.
Profesör Angell görüşmelerde önemli bir rol oynadı.
His responsibilities befitted one of his authority.
Sorumlulukları, sahip olduğu yetkiye yakışır nitelikteydi.
He was one of the first to be approached by several outsiders.
Dışarıdan birçok kişi tarafından kendisine ilk yaklaşılanlardan biriydi.
They took advantage of the convocation to offer questions.
Toplantıdan faydalanarak sorular yönelttiler.
They hoped for correct answering from an expert.
Uzmandan doğru yanıt almayı umuyorlardı.
They each had very peculiar types of problems.
Her birinin kendine özgü sorunları vardı.
And they required very different types of solutions.
Ve bunlar çok farklı türde çözümler gerektiriyordu.
The chief of these was a common-looking middle-aged man.
Bunların başı, sıradan görünümlü, orta yaşlı bir adamdı.
And he quickly became the meeting's focus of interest.

Ve kısa sürede toplantının ilgi odağı haline geldi.

***

He had traveled to St. Louis all the way from New Orleans.
O, New Orleans'tan St. Louis'e kadar uzun bir yolculuk yapmıştı.
He had come to the meeting for special information.
Toplantıya özel bilgi almak için gelmişti.
Knowledge that could not be unobtained from local source.
Yerel kaynaklardan elde edilemeyecek bilgi.
His name was John Raymond Legrasse, police inspector.
Adı John Raymond Legrasse'dı, polis müfettişiydi.
He bore with him the mysterious subject of his inquiries.
Araştırmalarının gizemli konusuna katlandı.
A grotesque and apparently very ancient stone statuette.
Çirkin ve görünüşe göre çok eski bir taş heykelcik.
A statuette whose origin no one had been able to determine.
Kökeni kimse tarafından belirlenemeyen bir heykelcik.
But don't assume Inspector Legrasse was an archeologist.
Ancak Müfettiş Legrasse'nin arkeolog olduğunu varsaymayın.
He had very little interest in archeology, nor mythology.
Arkeolojiye de, mitolojiye de çok az ilgisi vardı.
His wish for enlightenment had rather different motivations.

Onun aydınlanma arzusunun ardında oldukça farklı nedenler yatıyordu.

He was prompted to come by purely professional considerations.

Buraya gelmesinin sebebi tamamen mesleki düşüncelerdi.

The statuette had been captured as part of a police raid.

Heykelcik, polis baskını sırasında ele geçirilmişti.

Although whether it was even a statuette wasn't determined.

Bunun bir heykelcik olup olmadığı bile belirlenemedi.

It could also have been an idol, magic fetish, or charm.

Aynı zamanda bir put, sihirli bir obje veya tılsım da olabilirdi.

Whatever it was, it had been captured some months previously.

Her ne olursa olsun, bu olay birkaç ay önce gerçekleşmişti.

A meeting was being held in the wooded swamps of New Orleans.

New Orleans'ın ormanlık bataklıklarında bir toplantı düzenleniyordu.

The police had been tipped of about a supposed voodoo meeting.

Polise, sözde bir voodoo toplantısı hakkında ihbar gelmişti.

Strange and hideous rites connected with the voodoo circle.

Voodoo çemberiyle bağlantılı tuhaf ve korkunç ritüeller.

The police could not but realize what they had stumbled on.

Polis, neye rastladıklarını anlamaktan başka çaresi yoktu.

**A dark cult previously totally unknown to the
authorities.**

Yetkililerin daha önce tamamen bilmediği karanlık bir
tarikat.

**Infinitely more sinister than what an outsider could
expect.**

Dışarıdan birinin tahmin edebileceğinden çok daha
uğursuz.

**More diabolic than the blackest of the African voodoo
circles.**

Afrika voodoo çemberlerinin en karanlık olanlarından
bile daha şeytani.

**Unbelievable tales were extorted from the captured
cult members.**

Yakalanan tarikat üyelerinden inanılmaz hikayeler zorla
alındı.

But nothing of the relic's origin could be discovered.

Ancak kalıntının kökenine dair hiçbir şey keşfedilemedi.

**Hence the anxiety of the police for any antiquarian
lore.**

Bu nedenle polis, her türlü tarihi eser bilgisine karşı
endişe duyuyor.

Ancient mythology might explain the frightful symbol.

Antik mitoloji, bu korkunç sembolü açıklayabilir.

**Deeper knowledge could perhaps track the fountain-
head.**

Daha derin bir bilgi belki de kaynağın izini sürmeyi
sağlayabilir.

**Inspector Legrasse was not prepared for the excitement
he created.**

Müfettiş Legrasse, yarattığı heyecana hazırlıklı değildi.

**One sight of the mysterious object was all that was
required.**

Gizemli nesnenin bir kez görülmesi yeterliydi.

The assembled men of science were filled with curiosity.

Bir araya gelen bilim insanları büyük bir merak içindeydiler.

They lost no time in crowding closely around the inspector.

Hiç vakit kaybetmeden müfettişin etrafını sıkıca sardılar.

And they all tried to get the best look at the diminutive figure.

Ve hepsi de o ufak tefek figürü en iyi şekilde görebilmek için çabaladı.

***

The genuinely abysmal antiquity inspired wild imagination.

Gerçekten de son derece karanlık olan antik çağ, sınırsız hayal gücüne ilham verdi.

The strangeness hinted so potently at unopened and archaic vistas.

Bu gariplik, henüz keşfedilmemiş ve kadim ufuklara çok güçlü bir şekilde işaret ediyordu.

No recognized school of sculpture had animated this terrible object.

Hiçbir bilinen heykel okulu bu korkunç esere hayat vermemişti.

Yet centuries seemed recorded in the dim and greenish surface.

Oysa soluk ve yeşilimsi yüzeyde yüzyıllar kaydedilmiş gibiydi.

Perhaps thousands of years were hidden in this unplaceable stone.

Belki de binlerce yıllık bir geçmiş bu yeri belirlenemeyen taşın içinde gizliydi.

The figurine was finally passed slowly from man to man.

Heykelcik sonunda yavaş yavaş elden ele dolaştırıldı.

Each scientist carefully studied the strange markings of the stone.

Her bilim insanı taşın üzerindeki garip işaretleri dikkatlice inceledi.

The work was between seven and eight inches in height.

Eserin yüksekliği yedi ila sekiz inç arasındaydı.

And the exquisite artistic workmanship must be noted.

Ve olağanüstü sanatsal işçiliğe de dikkat çekmek gerekir.

The carvings represented a monster of vaguely anthropoid outline.

Oymalar, belirsiz bir şekilde insan biçimli bir canavarı tasvir ediyordu.

On the face of the octopus-esque head was a mass of feelers.

Ahtapotu andıran başın yüzeyinde bir sürü anten bulunuyordu.

Prodigious claws on hind and fore feet protruded from the body.

Ön ve arka ayaklarında devasa pençeler vücudundan dışarı doğru çıkıntı yapıyordu.

The bloated corpulence had a rubbery looking quality to it.

Şişkinlik ve yağlanma, lastiksi bir görünüme sahipti.

And from behind the rubbery body came out two narrow wings.

Ve esnek gövdenin arkasından iki ince kanat çıktı.

It would be instinctual to think of this thing as fearsome.

Bu şeyin korkutucu olduğunu düşünmek içgüdüsel olurdu.

There was an unnatural malignancy to the aura of the creature.

Yaratığın aurasında doğal olmayan bir kötülük vardı.

The gargantuan squatted evilly on a rectangular block.

Devasa yaratık, dikdörtgen bir bloğun üzerinde şeytani bir şekilde çömelmişti.

The pedestal it was on was covered with undecipherable characters.

Üzerinde durduğu kaide, çözülemeyen karakterlerle kaplıydı.

The tips of the wings touched the back edge of the block.

Kanat uçları bloğun arka kenarına değiyordu.

The creature was sitting on the middle of the giant block.

Yaratık dev bloğun ortasında oturuyordu.

Its legs were doubled up under its monstrous body.

Devasa vücudunun altında bacakları ikiye katlanmıştı.

The long, curved claws gripped the front edge of the cliff.

Uzun, kıvrık pençeler uçurumun ön kenarını kavramıştı.

The cephalopod head was bent forward, observing its kingdom.

Kafadanbacaklının başı öne doğru eğilmişti, yaşadığı krallığı gözlemliyordu.

The ends of the facial feelers brushed the backs of huge forepaws.

Yüzdeki antenlerin uçları, iri ön patilerin arka kısımlarına değdi.

And the forepaws clasped the croucher's elevated knees.

Ve ön patiler, çömelmiş olanın yukarı kalkmış dizlerini kavradı.

The appearance of the grotesque scene was abnormally lifelike.

Bu grotesk sahnenin görünümü alışılmadık derecede gerçekçiydi.

But this lifelike quality only added a subtle reason to be more fearful.

Ancak bu gerçekçi özellik, korkuyu daha da artırmak için ince bir neden daha ekledi.

Because we knew nothing about the source of the depiction.

Çünkü tasvirin kaynağı hakkında hiçbir şey bilmiyorduk.

The creature's vast, awesome, and incalculable age was unmistakable.

Yaratığın muazzam, heybetli ve hesaplanamaz yaşı hiç şüphe götürmezdi.

But not one link did the depiction show with any known type of art.

Ancak tasvirde bilinen hiçbir sanat türüyle bağlantı kurulamadı.

Not even the earliest civilizations made reference to this creature.

En eski uygarlıklar bile bu yaratıktan bahsetmemiştir.

But that is not the only point at which our knowledge failed us.

Ancak bilgimizin bizi yanılttığı tek nokta bu değildi.

***

The mineralogy of the stone was also a complete mystery.

Taşın mineralojisi de tam bir gizemdi.

Gold specks dotted the soapy, greenish-black stone.

Sabunsu, yeşilimsi siyah taşın üzerinde altın zerrecikleri
vardı.
Iridescent striations ran along the length of the stone.
Taşın yüzeyi boyunca yanardöner çizgiler uzanıyordu.
**In short, the stone resembled nothing within
mineralogy.**
Kısacası, taş mineraloji dünyasında hiçbir şeye
benzemiyordu.
**Geologists hadn't been able to identify the stone
either.**
Jeologlar da taşı tanımlayamamıştı.
The hieroglyphs along the stone were equally baffling.
Taş üzerindeki hiyeroglifler de aynı derecede kafa
karıştırıcıydı.
**The writing system was horribly different than other
scripts.**
Yazı sistemi diğer yazı sistemlerinden son derece
farklıydı.
**A representation of half the world's leading experts
was present.**
Dünyanın önde gelen uzmanlarının yarısı temsilen bir
araya gelindi.
**But no link to any known writing system could be
established.**
Ancak bilinen herhangi bir yazı sistemiyle bağlantı
kurulamadı.
**Everything frightfully suggested an old and
unhallowed cycle of life.**
Her şey korkunç bir şekilde eski ve kutsal olmayan bir
yaşam döngüsünü çağrıştırıyordu.
**A history in which our world and our conceptions
played no part.**
Bizim dünyamızın ve kavramlarımızın hiçbir rol
oynamadığı bir tarih.

**The experts shook their heads, admitting they had
been defeated.**

Uzmanlar başlarını sallayarak yenilgiyi kabul ettiler.

But one expert did not give up quite so quickly.

Ancak bir uzman bu kadar çabuk pes etmedi.

**He claimed to have a touch of bizarre familiarity with
the subject.**

Konuyla ilgili garip bir aşinalığı olduğunu iddia etti.

**The monstrous shape and writing weren't entirely new
to him.**

Bu korkunç şekil ve yazı onun için tamamen yeni
değildi.

With some diffidence he told of the odd trifle he knew.

Biraz çekinerek bildiği ufak tefek şeylerden bahsetti.

This person was the late William Channing Webb.

Bu kişi merhum William Channing Webb'di.

**He was professor of anthropology in Princeton
University.**

Kendisi Princeton Üniversitesi'nde antropoloji
profesörüydü.

And he was an explorer of no small significance.

Ve o, küçümsenemeyecek kadar önemli bir kaşifti.

***

**Forty-eight years ago he was exploring Greenland and
Iceland.**

Kırk sekiz yıl önce Grönland ve İzlanda'yı keşfediyordu.

His group were in search of some Runic inscriptions.

Grubun amacı bazı runik yazıtlar aramaktı.

But the expedition failed to unearth any inscriptions.

Ancak keşif gezisi herhangi bir yazıt ortaya çıkarmayı
başaramadı.

They trekked the heights of West Greenland's coasts.

Batı Grönland kıyılarının yüksek noktalarına tırmandılar.

Here they encountered a strange cult of degenerate Eskimos.

Burada yozlaşmış Eskimolardan oluşan tuhaf bir tarikatla karşılaştılar.

Their religion consisted of a form of devil-worship.

Onların dini, bir tür şeytan tapıncından oluşuyordu.

And their rituals were deliberately bloodthirsty and repulsive.

Ve ritüelleri kasıtlı olarak kana susamış ve iğrençti.

It was a faith of which other Eskimos knew little.

Bu, diğer Eskimo halkının pek az şey bildiği bir inançtı.

Locals shuddered at the mention of their practices.

Yerel halk, bu uygulamaların bahsi geçtiğinde ürperdi.

They said their believes came from horribly ancient eons.

İnançlarının çok eski çağlardan geldiğini söylediler.

A time before the world as we know it now had ever been made.

Dünyanın bugünkü haliyle henüz yaratılmadığı bir zaman.

There were human sacrifices and queer hereditary rituals.

İnsan kurban etme ritüelleri ve tuhaf kalıtsal ritüeller vardı.

And all their worship was directed at a supreme tornasuk.

Ve tüm ibadetleri yüce bir tornasuk'a yönelmişti.

Professor Webb had taken a phonetic copy from an aged angekok.

Profesör Webb, yaşlı bir angekoktan fonetik bir kopya almıştı.

He had transcribed the wizard-priest's chants as best
he could.
Büyücü-rahibin dualarını elinden geldiğince yazıya
dökmüştü.
But currently these transcriptions weren't of prime
significance.
Ancak şu anda bu transkripsiyonlar büyük önem
taşımıyordu.
The cult had a cherished stone that they worshipped.
Bu tarikatın taptıkları, çok değer verdikleri bir taşı vardı.
They danced wildly when the aurora leaped over the
ice cliffs.
Kutup ışıkları buz kayalıklarının üzerinden yükselince
çılgınca dans ettiler.
And in the midst of their dance was the strange stone.
Ve danslarının ortasında o garip taş vardı.
It was, the professor stated, a very crude bas-relief of
stone.
Profesör, bunun çok basit bir taş kabartma olduğunu
belirtti.
The stone comprised a hideous picture and some
cryptic writing.
Taşın üzerinde korkunç bir resim ve bazı gizemli yazılar
vardı.
And as far as he could tell this stone was a rough
parallel.
Ve onun anladığı kadarıyla bu taş kabaca bir benzerlik
gösteriyordu.
The stone had all the same essential features of bestial
things.
Taş, hayvanlara özgü tüm temel özelliklere sahipti.
The scientists received this data with suspense and
astonishment.

Bilim insanları bu verileri büyük bir merak ve şaşkınlıkla
karşıladılar.

**Even Inspector Legrasse had quickly gained an interest
in mythology.**

Hatta Müfettiş Legrasse bile kısa sürede mitolojiye ilgi
duymaya başlamıştı.

**And he began at once to ply his informant with
questions.**

Ve hemen muhbirine sorular sormaya başladı.

**He had notes of the oral ritual of the cult-worshipers in
the swamp.**

Bataklıktaki kült mensuplarının sözlü ritüellerine dair
notları vardı.

**He besought the professor to remember the diabolist
Eskimos' chants.**

Profesörden, şeytani Eskimoların ilahilerini
hatırlamasını rica etti.

**There then followed an exhaustive comparison of
details.**

Ardından ayrıntıların kapsamlı bir karşılaştırması
yapıldı.

**And there then followed a moment of really awed
silence.**

Ve ardından gerçekten hayranlık uyandıran bir sessizlik
anı yaşandı.

**The Eskimo wizards and the Louisiana swamp-priests
were worlds apart.**

Eskimo büyücüleri ve Louisiana bataklık rahipleri
birbirinden çok farklı dünyalardaydı.

**And yet there was a phrase the two hellish rituals had
in common.**

Yine de bu iki cehennemî ritüelin ortak bir ifadesi vardı.

**"Ph'nglui mglw'nafh Cthulhu R'lyeh wgah'nagl
fhtagn."**

"Ph'nglui mglw'nafh Cthulhu R'lyeh wgah'nagl fhtagn."

***

Legrasse had one advantage over Professor Webb.
Legrasse'nin Profesör Webb'e göre bir avantajı vardı.
He had spoken to several of his mongrel prisoners.
Melez tutsaklarından birkaçıyla konuşmuştu.
Some of them had passed on the phrase's meaning.
Onlardan bazıları bu ifadenin anlamını aktarmıştı.
"In his house at R'lyeh dead Cthulhu waits dreaming."
"Ölü Cthulhu, R'lyeh'deki evinde rüyalar görerek
bekliyor."
So the attention turned back to Inspector Legrasse.
Böylece dikkatler yeniden Müfettiş Legrasse'ye çevrildi.
**And he was probed with many disconnected
questions.**
Ve kendisine birbiriyle bağlantısız birçok soru yöneltildi.
**He detailed his experience with the worshipers from
the swamp.**
Bataklıktan gelen ibadet edenlerle yaşadığı deneyimi
ayrıntılı olarak anlattı.
My uncle attached profound significance to the story.
Amcam bu hikayeye derin bir anlam yüklemişti.
**The report savored of the wildest dreams of myth-
makers.**
Rapor, efsane yaratıcılarının en çılgın hayallerini
andırıyordu.
**Theosophists could not have provided more
imagination.**
Teosofistler bundan daha fazla hayal gücü
sunamazlardı.
But the philosophies came from unexpected sources.
Ancak felsefeler beklenmedik kaynaklardan geldi.

Half-castes and pariahs told these fantastical stories.

Melezler ve dışlanmışlar bu fantastik hikayeleri anlatırlardı.

On November 1st, 1907, his chain of events unfolded.

1 Kasım 1907'de olaylar zinciri başladı.

The New Orleans police received desperate calls.

New Orleans polisi umutsuz çağrılar aldı.

They were called to the swamp and lagoon country to the south.

Güneydeki bataklık ve lagün bölgesine çağrıldılar.

The settlers there were mostly primitive, but good-natured.

Oradaki yerleşimciler çoğunlukla ilkeldi, ancak iyi huyluydu.

Most living by the swamp were descendants of Lafitte's men.

Bataklık çevresinde yaşayanların çoğu Lafitte'nin adamlarının soyundan geliyordu.

But now they were in the grip of stark terror.

Ama şimdi korkunç bir dehşetin pençesindeydiler.

An unknown thing had stolen upon them in the night.

Geceleyin bilinmeyen bir şey onlara sinsice yaklaşmıştı.

It was voodoo, apparently, that caused the disturbance.

Görünüşe göre, bu karışıklığa voodoo büyüsü neden olmuştu.

But it was a voodoo unlike the other forms of voodoo.

Ama bu, diğer voodoo türlerinden farklı bir voodoo idi.

Voodoo of a more terrible sort than they had ever known.

Daha önce hiç karşılaşmadıkları kadar korkunç bir voodoo türü.

Some of their women and children had disappeared.

Kadınlarından ve çocuklarından bazıları kaybolmuştu.

A malevolent drumming had begun its incessant beating.
Kötü niyetli bir davul sesi aralıksız bir şekilde çalmaya başlamıştı.
Far and deep within those dark, black haunted woods.
O karanlık, simsiyah, perili ormanların derinliklerinde.
There, where no dweller dared to ventured close to.
Orada, hiçbir yerli sakin yaklaşmaya cesaret edemezdi.
There were insane shouts and harrowing screams.
Delilik dolu bağırışlar ve yürek burkan çığlıklar duyuldu.
Soul-chilling chants and dancing devil-flames.
Ürpertici ilahiler ve dans eden şeytani alevler.
The messenger and his people could stand it no more.
Elçi ve adamları artık buna daha fazla dayanamadılar.
A body of twenty police set out in the late afternoon.
Öğleden sonra geç saatlerde yirmi polisten oluşan bir ekip yola çıktı.
And a shivering settler came with them as a guide.
Ve titreyen bir yerleşimci de onlara rehber olarak eşlik etti.

***

At the end of the passable road they alighted.
Geçilebilir yolun sonunda indiler.
For miles and miles they splashed on in silence.
Kilometrelerce sessizce su sıçratarak ilerlediler.
And they went on through the terrible cypress woods.
Ve korkunç selvi ormanlarının içinden yollarına devam ettiler.
Dark, dark woods in which day but almost never came.
Karanlık, simsiyah ormanlarda gün neredeyse hiç gelmedi.

Ugly roots set traps for them in the wet ground.
Çirkin kökler, ıslak zeminde onlar için tuzaklar kurar.
Malignant hanging nooses of Spanish moss beset them.
Kötü huylu İspanyol yosunundan oluşan sarkık ilmekler onları kuşatmıştı.
In the distance the settlement slowly came into sight.
Uzaktan yerleşim yeri yavaş yavaş görünür hale geldi.
Hysterical dwellers ran out of the miserable huts.
Histerik bir haldeki köylüler perişan kulübelerden dışarı koştular.
They clustered around the group of bobbing lanterns.
Su üzerinde sallanan fenerlerin etrafında toplandılar.
Far, far ahead the cause of all the fear could be heard.
Çok çok ilerilerden, tüm bu korkunun sebebi duyulabiliyordu.
The muffled beat of drums was now faintly audible.
Davulların boğuk vuruşları artık hafifçe duyulabiliyordu.
At times the wind shifted and revealed different sounds.
Rüzgar zaman zaman yön değiştiriyor ve farklı sesler ortaya çıkarıyordu.
Curdling shrieks were audible at infrequent intervals.
Arada sırada tüyler ürpertici çığlıklar duyuluyordu.
A reddish glare seemed to filter through the undergrowth.
Çalıların arasından kızıl bir parıltı süzülüyor gibiydi.
The settlers were reluctant to be left alone again.
Yerleşimciler tekrar yalnız bırakılmak konusunda isteksizdiler.
But they point blank refused to move forwards either.
Ancak onlar da kesinlikle ilerlemeyi reddettiler.

So the inspector and his colleagues plunged on unguided.
Böylece müfettiş ve meslektaşları rehbersiz bir şekilde işe koyuldular.
And they went into the black arcades of horror.
Ve korkunun karanlık pasajlarına girdiler.
The region was one of traditionally evil repute.
Bölge, geleneksel olarak kötü bir şöhrete sahipti.
The lands were substantially unknown by white men.
Bu topraklar beyaz adamlar tarafından büyük ölçüde bilinmiyordu.
Not many explorers had traversed those regions yet.
O bölgeleri henüz çok az kaşif gezmişti.
There were also legends of a hidden away lake.
Ayrıca, gözlerden uzak bir göl hakkında da efsaneler vardı.
A body of water still unglimpsed by mortal sight.
Ölümlü gözlerin henüz görmediği bir su kütlesi.
In the lake it was said there dwelt a strange creature.
Gölün içinde garip bir yaratığın yaşadığı söyleniyordu.
A huge, formless white polypous thing with luminous eye.
Parlak gözlü, devasa, şekilsiz, beyaz, polipli bir şey.
And settlers whispered about bat-winged devils.
Yerleşimciler ise yarasa kanatlı şeytanlar hakkında fısıldaşıyorlardı.
They flew up out of caverns from the inner earth.
Yeraltı dünyasının içindeki mağaralardan yukarı doğru uçtular.
And together the demons worship it at midnight.
Ve iblisler gece yarısı hep birlikte ona taparlar.
They said it had been there before D'Iberville.
D'Iberville'den önce de orada olduğunu söylediler.
They said it had been there before La Salle too.

Bunun La Salle'den önce de orada olduğunu söylediler.
They said it was there before the Native Americans.
Yerli Amerikalılardan önce de orada olduğunu
söylediler.
**Perhaps it was even there before the wholesome
beasts.**
Belki de o, sağlıklı hayvanlardan bile önce oradaydı.
It was a nightmare itself that made men dream.
Bu, insanları hayal kurmaya iten başlı başına bir
kâbustu.
And to see the thing was the same as death.
Ve o şeyi görmek ölümle aynı şeydi.
**And so they had enough warning to know to keep
away.**
Bu sayede uzak durmaları gerektiğini anlayacak kadar
uyarı almışlardı.
Because it was indeed where they were warned it was.
Çünkü gerçekten de kendilerine söylendiği gibi orasıydı.
**The voodoo orgy was on the fringe of this abhorred
area.**
Voodoo ayini, bu iğrenç bölgenin sınırında
gerçekleşiyordu.
But the location was already bad enough by itself.
Ama konum zaten başlı başına yeterince kötüydü.
The voodoo activities only added to the horror.
Voodoo ayinleri ise dehşeti daha da artırdı.
Perhaps poetry could do justice to the noises heard.
Belki de şiir, duyulan seslere hakkını verebilir.
Otherwise only madness would help one understand.
Aksi takdirde, ancak delilik insanın anlamasına yardımcı
olabilir.
But Legrasse's plowed on through the black morass.
Ancak Legrasse, o kara bataklığın içinden yoluna devam
etti.

The sound of the muffled drumming slowly crystalized.
Boğuk davul sesleri yavaş yavaş netleşti.
And they continued steadily towards the red glare.
Ve istikrarlı bir şekilde kızıl parıltıya doğru ilerlemeye devam ettiler.

*** -

There are vocal qualities specific to men.
Erkeklere özgü ses özellikleri vardır.
And there are vocal qualities specific to beasts.
Ayrıca, hayvanlara özgü ses özellikleri de vardır.
It is terrible when one makes the sounds of the other.
Birinin diğerinin sesini çıkarması korkunç bir şey.
Animal fury freed them of their human restraint.
Hayvansal öfke onları insani kısıtlamalardan kurtardı.
Orgiastic license whipped them into demoniac heights.
Cinsel özgürlük onları şeytani boyutlara taşıdı.
Howls that tore through those perpetually dark woods.
O sürekli karanlık ormanlarda yankılanan ulumalar.
Squawking ecstasies that echoed in everyone's mind.
Herkesin zihninde yankılanan, coşku dolu çığlıklar.
Sounds like pestilential tempests from the gulfs of hell.
Cehennemin derinliklerinden gelen felaket fırtınalarına benziyor.
Now and then the less organized ululations would cease.
Zaman zaman daha düzensiz olan ulumalar kesilirdi.
A well-drilled chorus of hoarse voices rose in singsong.
İyi eğitim almış, kısık sesli bir koro, melodik bir şekilde yükseldi.
And they chanted that hideous phrase of their ritual.

Ve o iğrenç ritüel sözlerini tekrarladılar.

"Ph'nglui mglw'nafh Cthulhu R'lyeh wgah'nagl fhtagn"

"Ph'nglui mglw'nafh Cthulhu R'lyeh wgah'nagl fhtagn"

Then the men reached a spot where the trees were sparser.

Ardından adamlar ağaçların daha seyrek olduğu bir yere ulaştılar.

Suddenly they come in sight of the spectacle itself.

Birdenbire, o muhteşem manzarayı gözlerinin önüne sererler.

Four of them reeled from the horrible things they saw.

Dördü de gördükleri korkunç şeylerin şokunu atlatamadı.

One man fainted, and two were shaken into a frantic cry.

Adamlardan biri bayıldı, ikisi ise korkudan çılgınca çığlık attı.

Fortunately their screams were not heard by other ears.

Neyse ki çığlıkları başkaları tarafından duyulmadı.

The mad cacophony of the orgy deadened their screams.

O çılgın orginin gürültüsü çığlıklarını bastırdı.

Legrasse splashed swamp water on the fainting man.

Legrasse, bayılan adamın üzerine bataklık suyu serpti.

They stood up again, but nearly hypnotized with horror.

Tekrar ayağa kalktılar, ama dehşetten adeta hipnotize olmuşlardı.

In a natural glade of the swamp stood a grassy island.

Bataklığın doğal bir açıklığında çimenlerle kaplı bir ada bulunuyordu.

The grassy island extended perhaps for an acre.

Çimenlerle kaplı ada yaklaşık bir dönümlük bir alana
yayılıyordu.
And the area was clear of trees and tolerably dry.
Bölge ağaçsızdı ve oldukça kuruydu.
A horde of human abnormality leaped and twisted.
İnsan anormalliklerinden oluşan bir sürü sıçrayıp
kıvrıldı.
No Sime could paint what the men were seeing.
Hiçbir Sime, adamların gördüklerini resmedemezdi.
**No Angarola has ever painted such an indescribable
scene.**
Hiçbir Angarola ressamı daha önce böylesine tarifsiz bir
sahne resmetmemiştir.
**The hybrid spawn made a monstrous ring-shaped
bonfire.**
Melez yaratık, devasa halka şeklinde bir ateş yaktı.
**They brayed bellowed and writhed about in their
nudity.**
Çıplak halde anırdılar, böğürdüler ve kıvrandılar.
Occasionally there were rifts in the curtain of flame.
Alev perdesinde zaman zaman yarıklar oluşuyordu.
And there the object of their worship revealed itself.
Ve orada taptıkları şey kendini gösterdi.
In the midst of the fire stood a great granite monolith.
Alevlerin ortasında büyük bir granit monolit
yükseliyordu.
The stone structure was only about eight feet in height.
Taş yapının yüksekliği sadece yaklaşık sekiz fitti.
**And the noxious carven statuette rested on the
monolith.**
Ve o zehirli oyma heykelcik monolit üzerinde
duruyordu.
**The idle was almost incongruous in its
diminutiveness.**

Boşta duran nesne, küçücük boyutuyla neredeyse uyumsuzdu.

Spaced evenly, scaffolds had been erected around the fire.

Yangının etrafına eşit aralıklarla iskeleler kurulmuştu.

From the scaffolding hung a number of marred bodies.

İskeleden çok sayıda parçalanmış ceset sarkıyordu.

The bodies of those that had disappeared from nearby.

Yakınlarda kaybolanların cesetleri.

It was inside this circle the ring of worshipers were.

İbadet edenler bu çemberin içinde toplanmıştı.

And they roared and jumped in the frantic trance.

Ve çılgın bir kendinden geçme hali içinde kükrediler ve zıpladılar.

The general direction of the motion was anti-clockwise.

Hareketin genel yönü saat yönünün tersineydi.

The ring of bodies circling around the ring of fire.

Ateş çemberinin etrafında dönen ceset halkası.

One man recollected other details even more concerning.

Bir adam daha da endişe verici başka ayrıntıları hatırladı.

But perhaps the echoes induced him to hear other things.

Ama belki de yankılar onu başka şeyler duymaya yöneltmişti.

He fancied he heard antiphonal responses to the ritual.

Ritüele karşılıklı yanıtlar duyduğunu sandı.

Noises from an unillumined spot deeper within the woods.

Ormanın derinliklerinde, aydınlatılmamış bir noktadan gelen sesler.

**This man, Joseph D. Galvez, I later met and
questioned.**
Bu adamla, Joseph D. Galvez ile daha sonra tanıştım ve
onu sorguladım.
And he proved to indeed be distractingly imaginative.
Ve gerçekten de dikkat dağıtacak kadar hayal gücü
yüksek biri olduğunu kanıtladı.
He even hinted at the faint beating of great wings.
Hatta büyük kanatların hafifçe çırpınışını bile ima etti.
And he suggested there was a glimpse of shining eyes.
Ve parlayan gözlerin bir anlık görüntüsünün olduğunu
ima etti.
**And beyond the trees, a mountainous white bulk of
something.**
Ağaçların ötesinde ise dağ gibi beyaz, devasa bir şey
yükseliyordu.
I suppose he had heard too much native superstition.
Sanırım yerel batıl inançları çok fazla duymuştu.
But actually the horrified pause was relatively brief.
Ama aslında bu dehşet verici sessizlik nispeten kısa
sürdü.
Duty came first, and they had come to do a job.
Görev her şeyden önce geliyordu ve onlar bir iş yapmak
için gelmişlerdi.

***

**There must have been nearly a hundred mongrel
celebrants.**
Kutlamaya katılanların neredeyse yüzü kadar melez
köpek olmalıydı.
But the police were able to rely on their firearms.
Ancak polis, ateşli silahlarına güvenebiliyordu.

And they plunged determinedly into the nauseous rout.

Ve kararlılıkla o mide bulandırıcı bozguna daldılar.

For five minutes the chaotic din was beyond description.

Beş dakika boyunca süren kaotik gürültü tarif edilemez boyutlardaydı.

Wild blows were struck and shots were fired.

Şiddetli darbeler indirildi ve silahlar ateşlendi.

Some escaped arrest by running into the darkness.

Bazıları karanlığa kaçarak tutuklanmaktan kurtuldu.

They had a better knowledge of the layout of the swamp.

Bataklığın coğrafi yapısını daha iyi biliyorlardı.

But Legrasse and his men caught around half of them.

Ancak Legrasse ve adamları onların yaklaşık yarısını yakaladı.

And they counted around forty-seven sullen prisoners.

Ve yaklaşık kırk yedi somurtkan mahkumu saydılar.

They were forced to put on their clothes again.

Tekrar kıyafetlerini giymek zorunda kaldılar.

And they fell into line between two rows of policemen.

Ve iki sıra polis memurunun arasına girdiler.

Five of the worshipers lay dead by the fire.

İbadet edenlerden beşi ateşin yanında ölü yatıyordu.

Two severely wounded prisoners were carried away.

Ağır yaralı iki mahkum götürüldü.

Of course the image on the monolith was removed.

Elbette anıt üzerindeki resim kaldırıldı.

Legrasse himself took the evidence to the police station.

Legrasse bizzat delilleri polis karakoluna götürdü.

The trip back to the headquarters was of intense strain.

Merkez karargaha dönüş yolculuğu son derece gergin geçti.

The men were examined when they got back to civilization.

Medeniyete döndüklerinde adamlar muayene edildi.

The prisoners all proved to be men of a very low type.

Mahkumların hepsinin son derece aşağılık tipler olduğu ortaya çıktı.

They were all mixed-blooded, and mentally aberrant.

Hepsi melezdi ve zihinsel olarak anormaldi.

Most were seamen by trade, or some similar professions.

Çoğunun mesleği denizcilik veya benzeri mesleklerdi.

Negroes and mulattoes were sprinkled among them.

Bunların arasında zenciler ve melezler de vardı.

But most seemed to be West Indians or Brava Portuguese.

Ancak çoğu Batı Hint Adaları vatandaşı veya Brava Portekizlisi gibi görünüyordu.

They primarily came from the Cape Verde Islands.

Ağırlıklı olarak Yeşil Burun Adaları'ndan geliyorlardı.

They gave the heterogeneous cult a coloring of voodooism.

Bu heterojen kült, voodooizm havası taşıdı.

But there wasn't even a need to ask too many questions.

Ama çok fazla soru sormaya bile gerek kalmadı.

The conclusion quickly became manifest by itself.

Sonuç çok geçmeden kendiliğinden ortaya çıktı.

Something far deeper than negro fetishism was involved.

Burada söz konusu olan, zenci fetişizminden çok daha derin bir şeydi.

Although ignorant, but their story was consistent.

Bilgisiz olsalar da, anlattıkları tutarlıydı.

The creatures all spoke of the same central idea.

Tüm yaratıklar aynı temel fikirden bahsediyordu.

They certainly all shared the same loathsome faith.

Şüphesiz ki hepsi aynı iğrenç inancı paylaşıyordu.

They worshiped, so they said, the great old ones.

Söylediklerine göre, büyük kadim varlıklara tapıyorlardı.

The great old ones lived long before there were any men.

Büyük kadimler, insanlar var olmadan çok önce yaşamışlardır.

And they came to the young world out of the sky.

Ve onlar gökyüzünden genç dünyaya geldiler.

Those old ones were now gone, they explained.

Eskilerinin artık olmadığını açıkladılar.

They were now inside the earth and under the sea.

Artık yerin içinde ve denizin altındaydılar.

But their dead bodies found ways to tell their secrets.

Ama ölü bedenleri sırlarını anlatmanın yollarını buldu.

They whispered into the dreams of the first men.

İlk insanların rüyalarına fısıldadılar.

And the first men formed a cult which has never died.

Ve ilk insanlar, asla ölmeyen bir kült oluşturdular.

***

The cult had always existed, and always would exist.

Bu tarikat her zaman var olmuştur ve her zaman da var olacaktır.

Their followers were hidden in wastes all over the world.

Onların takipçileri dünyanın dört bir yanındaki ıssız bölgelerde saklanıyordu.

**Their followers were in dark places explorers
overlooked.**
Onların takipçileri, kaşiflerin gözden kaçırdığı karanlık
yerlerdeydi.
And they would remain hidden until they were called.
Ve çağrılana kadar gizli kalacaklardı.
**When the great priest Cthulhu rises again to the
surface.**
Büyük rahip Cthulhu yeniden yüzeye çıktığında.
**When Cthulhu brings the earth again beneath his
sway.**
Cthulhu yeryüzünü yeniden kendi egemenliği altına
aldığında.
**When Cthulhu leaves from his dark house in the
mighty city of R'lyeh.**
Cthulhu, görkemli R'lyeh şehrindeki karanlık evinden
ayrıldığında.
Some day he was going call, when the stars were ready.
Yıldızlar hazır olduğunda bir gün arayacaktı.
**And the secret cult will always be waiting to liberate
him.**
Ve gizli tarikat onu özgürleştirmek için her zaman
bekliyor olacak.
Meanwhile, no more of his story must be told.
Şimdilik, onun hikayesinin daha fazla anlatılmasına
gerek yok.
There was a secret even torture could not extract.
İşkencenin bile ortaya çıkaramadığı bir sır vardı.
**Mankind was not alone among the conscious things of
earth.**
İnsanlık, yeryüzündeki bilinçli varlıklar arasında yalnız
değildi.
**Because shapes came out of the dark to visit the
faithful few.**

Çünkü karanlıktan şekiller ortaya çıkıp sadık azınlığı ziyaret etti.

But these were not the great old ones.

Ama bunlar o eski büyükler değildi.

No man had ever seen the great old ones.

Hiç kimse o büyük eski varlıkları görmemişti.

The carven idol was of great Cthulhu.

Oyma put, büyük Cthulhu'nun heykeliydi.

None could say whether the others were like him.

Diğerlerinin de ona benzeyip benzemediğini kimse söyleyemezdi.

No one could read the old writing now.

Artık kimse eski yazıyı okuyamıyordu.

Instead, things were told by word of mouth.

Bunun yerine, olaylar kulaktan kulağa yayıldı.

The chanted ritual was not the secret.

Söylenen ritüel sır değildi.

The secret was never spoken aloud, only whispered.

Sır asla yüksek sesle söylenmedi, sadece fısıldandı.

The chant meant one thing, and one thing alone:

Bu tezahüratın tek bir anlamı vardı, o da şuydu:

"In his house at R'lyeh dead Cthulhu waits dreaming."

"Ölü Cthulhu, R'lyeh'deki evinde rüyalar görerek bekliyor."

Only two of the prisoners were found sane enough to be hanged.

Mahkumların sadece ikisinin idam edilecek kadar akıl sağlığının yerinde olduğuna karar verildi.

The rest of them were committed to various institutions.

Geri kalanlar ise çeşitli kurumlara yerleştirildi.

All denied to have taken any part in the ritual murders.

Hepsi de ritüel cinayetlerinde herhangi bir rollerinin olmadığını reddetti.

They said the killing had been done by something
else.
Cinayetin başka bir şey tarafından işlendiğini söylediler.
"The black-winged ones," they each insisted,
separately.
"Siyah kanatlı olanlar," diye ısrar ettiler her biri ayrı ayrı.
They had come to them from their immemorial
meeting-place.
Onlar, kadim buluşma yerlerinden onlara gelmişlerdi.
They had arisen out from the haunted woodlands.
Perili ormanlardan çıkmışlardı.
But the stories of mysterious allies were inconsistent.
Ancak gizemli müttefiklere dair anlatılanlar tutarsızdı.

***

What the police did extract came mainly from one man.
Polisin ele geçirdiği bilgilerin büyük kısmı tek bir
kişiden geldi.
An immensely aged mestizo named Castro.
Castro adında, son derece yaşlı bir melez.
He claimed to have sailed to strange ports.
Garip limanlara yelken açtığını iddia etti.
And he said he had been to the mountains of China.
Ve Çin'in dağlarına gittiğini söyledi.
There he talked with undying leaders of the cult.
Orada tarikatın ölümsüz liderleriyle konuştu.
Old Castro remembered bits of hideous legend.
Yaşlı Castro korkunç efsanelerden parçalar hatırladı.
His legends paled the speculations of theosophists.
Onun efsaneleri, teosofistlerin spekülasyonlarını gölgede
bıraktı.
His stories made man seem like a recent creation.

Onun hikâyeleri insanı sanki yeni yaratılmış bir şeymiş gibi gösterdi.

Even the world was transient in his account of things.

Ona göre dünya bile geçiciydi.

There had been eons when other Things ruled on the earth.

Eskiden yeryüzünde başka varlıklar hüküm sürüyordu.

And they had had great cities here on the earth.

Ve yeryüzünde büyük şehirleri vardı.

The deathless Chinamen told him reserved secrets.

Ölümsüz Çinliler ona saklı sırlarını anlattılar.

He had told him their ruins could still be found.

Ona, kalıntıların hâlâ bulunabileceğini söylemişti.

There were still Cyclopean stones on islands in the Pacific.

Pasifik Okyanusu'ndaki adalarda hâlâ Kiklop taşları bulunuyordu.

They all died vast epochs of time before man came.

Onların hepsi, insanoğlu ortaya çıkmadan çok uzun zaman önce öldüler.

But there were knowledges and practices in ancients arts.

Ancak eski sanatlarda bilgi ve uygulamalar mevcuttu.

Special rituals which could revive them again, in time.

Zamanla onları yeniden canlandırabilecek özel ritüeller.

In the cycle of eternity their return was inevitable.

Sonsuzluğun döngüsünde onların dönüşü kaçınılmazdı.

When the stars come round again to the right positions

Yıldızlar tekrar doğru konumlarına geldiğinde

They had, indeed themselves come from the stars.

Onlar gerçekten de yıldızlardan gelmişlerdi.

"These great old ones," Castro continued.

"Bunlar büyük, eski olanlar," diye devam etti Castro.

They were not composed entirely of flesh and blood.

Onlar tamamen et ve kandan oluşmuyorlardı.

They had shape," Castro insisted, confidently.

"Şekilleri vardı," diye ısrar etti Castro kendinden emin
bir şekilde.

And he had strange proof for what he believed.

Ve inandığı şey için tuhaf kanıtları vardı.

But the shape they took on was not made of matter.

Ancak aldıkları şekil maddeden oluşmamıştı.

When the stars were in their right positions.

Yıldızlar doğru konumlarında olduğunda.

Then they could plunge from one world to another.

Sonra bir dünyadan diğerine geçebilirlerdi.

Because they can move themselves through the sky.

Çünkü gökyüzünde kendi kendilerine hareket
edebiliyorlar.

But when the stars were wrong, they cannot live.

Ama yıldızlar yanıldığında, yaşayamazlar.

And it is true that they no longer live like we do.

Ve doğru, artık bizim gibi yaşamıyorlar.

But despite that, they never really die either.

Ama buna rağmen, aslında hiç ölmezler.

They rest in stone houses in their great city of R'lyeh.

Onlar, büyük şehirleri R'lyeh'deki taş evlerde dinlenirler.

They are preserved by the spells of mighty Cthulhu.

Onlar, kudretli Cthulhu'nun büyüsüyle korunuyorlar.

So there they lie, unaffected by the passing of time.

İşte orada yatıyorlar, zamanın geçişinden etkilenmeden.

And they wait for another glorious resurrection.

Ve onlar bir başka görkemli dirilişi bekliyorlar.

When the stars and earth are ready for them again.

Yıldızlar ve yeryüzü onları tekrar ağırlamaya hazır
olduğunda.

But they are still dependent on an outside force.

Ancak yine de dış bir güce bağımlılar.

A force from outside served to liberate their bodies.
Dışarıdan gelen bir güç, bedenlerini özgürleştirmeye
hizmet etti.
The spells preserved them and kept them intact.
Büyüler onları korudu ve bozulmadan muhafaza etti.
But the spells also kept them from breaking free.
Ancak büyüler onların özgür kalmalarını da engelledi.
So they could only lie awake in the dark and think.
Bu yüzden karanlıkta uzanıp düşünmekten başka
çareleri yoktu.

***

In the meantime uncounted millions of years rolled by.
Bu arada sayısız milyonlarca yıl geçti.
They knew all that was occurring in the universe.
Evrende olup biten her şeyi biliyorlardı.
Because their mode of speech was transmitted thought.
Çünkü onların konuşma biçimi düşünceyi aktarıyordu.
Even now they were talking in their tombs.
Şimdi bile mezarlarında konuşuyorlardı.
Then, after infinities of chaos, the first men came.
Sonra, sonsuz bir kaosun ardından, ilk insanlar geldi.
The great old ones spoke to the sensitive among them.
Büyük yaşlılar aralarındaki hassas olanlara seslendiler.
They spoke to them by molding their dreams.
Onların hayallerini şekillendirerek onlarla konuştular.
Only that way could their language reach the fleshly
minds of mammals.
Ancak bu şekilde dilleri memelilerin bedensel
zihinlerine ulaşabilirdi.
Then, whispered Castro, those first men formed the
cult.

Castro fısıldayarak, "Sonra o ilk adamlar tarikatı kurdular," dedi.

They organized themselves around small idols.

Küçük putların etrafında örgütlendiler.

The small idols which the great ones had shown them.

Büyüklerin onlara gösterdiği küçük putlar.

Idols brought from dim eras from dark stars.

Karanlık yıldızlardan, loş çağlardan getirilmiş putlar.

That cult would never die till the stars came right again.

Yıldızlar tekrar doğru hizaya gelene kadar o kült asla yok olmayacaktı.

The secret priests were going to take great Cthulhu from His tomb.

Gizli rahipler, büyük Cthulhu'yu mezarından alacaklardı.

And they were going to revive His subjects.

Ve O'nun kullarını yeniden canlandıracaklardı.

And then Cthulhu was going to resume His rule of earth.

Ve sonra Cthulhu yeryüzündeki egemenliğine yeniden başlayacaktı.

The right time was going to reveal itself quite clearly.

Doğru zaman kendini oldukça açık bir şekilde gösterecekti.

At that time mankind will have become as the great old ones.

O zaman insanlık, büyük eski uygarlıklar gibi olacak.

They will be free and wild and beyond good and evil.

Onlar özgür ve vahşi olacaklar, iyiliğin ve kötülüğün ötesinde olacaklar.

Laws and morals are going to be thrown aside.

Kanunlar ve ahlak kuralları bir kenara atılacak.

All men will be shouting and killing and reveling in joy.

Bütün erkekler bağıracak, öldürecek ve sevinçten coşacaklar.

Then the liberated old ones will teach them the new ways.

Sonra özgürleşen eskiler onlara yeni yolları öğretecekler.

New ways to shout and kill and revel and enjoy.

Bağırmanın, öldürmenin, eğlenmenin ve keyif almanın yeni yolları.

And all the earth will flame with a holocaust of ecstasy and freedom.

Ve tüm yeryüzü, coşku ve özgürlüğün yakıcı bir ateşiyle alev alev yanacak.

Meanwhile the cult had to practice the appropriate rites.

Bu arada tarikatın da uygun ritüelleri uygulaması gerekiyordu.

They had to keep alive the memory of those ancient ways.

O eski geleneklerin hatırasını canlı tutmak zorundaydılar.

And they had to shadow forth the prophecy of their return.

Ve dönüşlerine dair kehaneti gerçeğe dönüştürmek zorundaydılar.

In the elder time chosen men spoke with the entombed Old Ones.

Eski zamanlarda seçilmiş kişiler, mezara gömülmüş olan Kadim Varlıklarla konuşurlardı.

The entombed Old Ones spoke to them in their dreams.

Mezara gömülmüş olan Kadim Varlıklar, rüyalarında onlarla konuştu.

But then something disturbed their means of communication.

Ancak daha sonra bir şey onların iletişim araçlarını aksattı.

The great stone in the city R'lyeh had sunk beneath the waves.

R'lyeh şehrindeki büyük taş dalgaların altına batmıştı.

And the monoliths and sepulchers were beneath the waters.

Ve monolitler ve mezarlar suların altındaydı.

Deep waters full of the one primal mystery.

Tek bir kadim gizemle dolu derin sular.

Waters through which not even thought can pass.

Düşüncenin bile geçemediği sular.

Water that cut off their spectral communication.

Su, onların spektral iletişimini kesti.

But the memory of the rites and rituals never died.

Ancak ayinlerin ve ritüellerin hatırası asla ölmedi.

And high priests said that the city would rise again.

Ve baş rahipler şehrin yeniden yükseleceğini söylediler.

When the stars were right Cthulhu was going to return.

Yıldızlar uygun hizaya geldiğinde Cthulhu geri dönecekti.

The moldy black spirits of the earth will come out again.

Yeraltının küflü kara ruhları yeniden ortaya çıkacak.

Shadowy black spirits full of dim rumors.

Karanlık söylentilerle dolu gölgeli kara ruhlar.

***

The spirits collected in caverns beneath forgotten sea-bottoms.

Ruhlar, unutulmuş deniz tabanlarının altındaki mağaralarda toplandı.

But of those spirits old Castro dared not speak much.

Ancak yaşlı Castro bu ruhlar hakkında fazla konuşmaya cesaret edemezdi.

And he hurriedly cut himself off from the topic.

Ve aceleyle konuyu kesti.

No amount of persuasion could elicit more in this direction.

Hiçbir ikna çabası bu yönde daha fazla sonuç doğuramaz.

No subtlety could convince him to speak of those spirits.

Hiçbir incelik onu o ruhlardan bahsetmeye ikna edemedi.

The size of the old ones, too, he curiously declined to mention.

Eski olanların boyutlarından bahsetmeyi de garip bir şekilde reddetti.

And of the cult he spoke very little too.

Ve o da bu tarikat hakkında çok az şey söyledi.

He thought the center lay amid the pathless deserts of Arabia.

O, merkezin Arabistan'ın ıssız çöllerinin ortasında olduğunu düşünüyordu.

There in Irem, the City of Pillars, dreams hidden and untouched.

İrem'de, Sütunlar Şehri'nde, gizli ve dokunulmamış hayaller saklıdır.

This cult was not allied to the European witch-cult.

Bu tarikat, Avrupa cadı kültüyle bağlantılı değildi.

And the cult was virtually unknown beyond its members.

Ve bu tarikat, üyeleri dışında neredeyse hiç
tanınmıyordu.

No book had ever really hinted of their knowledge.

Hiçbir kitap onların bu konudaki bilgisine dair gerçek
bir ipucu vermemişti.

**Though the deathless Chinamen said the mad Arab
Abdul Alhazred came close.**

Ölümsüz Çinliler, deli Arap Abdülhazred'in de ona çok
yaklaştığını söylediler.

**He said that there were double meanings in his
Necronomicon.**

Necronomicon adlı eserinde çift anlamlı ifadeler
bulunduğunu söyledi.

The initiated were free to read it if they wanted to.

Bilenler, istedikleri takdirde onu okumakta özgürdüler.

**And they should pay attention to one couplet in
particular.**

Ve özellikle bir beyite dikkat etmeleri gerekiyor.

"That which is not dead can sleep for eternity,"

"Ölü olmayan şey sonsuza dek uyuyabilir."

"And with strange eons even death may die."

"Ve tuhaf çağlarla birlikte ölüm bile yok olabilir."

Legrasse had been deeply impressed by what he heard.

Legrasse duyduklarından çok etkilenmişti.

And he was not a little bewildered by the tale.

Ve bu hikaye karşısında oldukça şaşkına dönmüştü.

**He inquired in vain about the historic affiliations of
the cult.**

Tarikatın tarihsel bağlantıları hakkında boşuna bilgi
edinmeye çalıştı.

**Castro, apparently, had told the truth about the oath of
secrecy.**

Görünüşe göre Castro, gizlilik yemini konusunda
doğruyu söylemişti.

The authorities at Tulane University could not offer
much help either.
Tulane Üniversitesi yetkilileri de pek yardımcı
olamadılar.
The were not able to shed no light upon neither cult,
nor the image.
Ne kült hakkında ne de imge hakkında herhangi bir
açıklama getiremediler.
And now the detective had come to the highest
authorities in the country.
Dedektif artık ülkenin en yüksek makamlarına ulaşmıştı.
And he heard none other than Professor Webb' tale in
Greenland.
Ve Grönland'da Profesör Webb'in anlattığı hikâyeyi
duydu.

***

Legrasse's tale aroused feverish interest at the meeting.
Legrasse'ın anlattığı hikaye toplantıda büyük bir ilgi
uyandırdı.
The story was not only significant in its implications.
Bu hikaye sadece sonuçları açısından önemli değildi.
But the story was also corroborated by the statuette.
Ancak bu hikaye heykelcik tarafından da doğrulandı.
The excitement echoed in the subsequent
correspondence.
Bu heyecan, sonraki yazışmalara da yansıdı.
Those who attended stayed in close contact with each
other.
Katılanlar birbirleriyle yakın temas halinde kaldılar.
Although scant mention occurs in the formal
publications.
Resmi yayınlarda nadiren bahsedilse de.

Caution is the first care of those accustomed to charlatanry.
Sahtekarlığa alışmış olanların ilk önceliği tedbirli olmaktır.
Impostures are kept out as much as it is possible.
Sahtekarlıkların önüne mümkün olduğunca geçilir.
Legrasse for some time lent the image to Professor Webb.
Legrasse bir süreliğine bu görüntüyü Profesör Webb'e ödünç vermişti.
But at the latter's death the image was returned to him.
Ancak ikincisinin ölümünden sonra resim kendisine iade edildi.
And the image remains in Legrasse's possession.
Ve bu görüntü hâlâ Legrasse'nin elinde bulunuyor.
This is where I viewed the terrible image not long ago.
Bu korkunç görüntüyü kısa süre önce burada gördüm.
The image is unmistakably akin to Wilcox' dream-sculpture.
Bu görüntü, Wilcox'un rüya heykeline şüphesiz benziyor.
It was no wonder my uncle was so excited by his tale.
Amcamın onun anlattığı hikâyeye bu kadar heyecanlanmasına şaşmamak gerek.
And I'm not surprised he made the efforts he made.
Ve onun bu kadar çaba göstermesine şaşırmadım.
He had heard everything Legrasse knew of the cult.
Legrasse'nin tarikat hakkında bildiği her şeyi duymuştu.
And the strange cultish dreams of a sensitive young man.
Ve hassas bir genç adamın tuhaf, kültvari hayalleri.
The bas-relief just like the one from the swamp.
Bataklıktakiyle tıpatıp aynı kabartma.
The addition of the devil tablet in Greenland.

Grönland'a şeytan tabletinin eklenmesi.
**The exact same words used in three remote
occurrences.**
Üç farklı yerde, tamamen aynı kelimeler kullanılmış.
**The Eskimo diabolists, the mongrels in Louisiana, and
then Wilcox.**
Eskimo şeytanistleri, Louisiana'daki melezler ve
ardından Wilcox.
**What other conclusion could one possibly have come
to?**
Başka hangi sonuca varılabilirdi ki?
**It's only natural Professor Angel pursued this
conclusion.**
Profesör Angel'in bu sonuca varması gayet doğal.
And I wouldn't have expected him to be less thorough.
Ondan daha az titiz olmasını da beklemezdim.
**My great-uncle was a man of principled academic
rigor.**
Büyük amcam, ilkeli ve akademik titizliğe sahip bir
insandı.
Though privately I also had other plausible theories.
Ancak içten içe başka mantıklı teorilerim de vardı.
I suspected young Wilcox of having heard of the cult.
Genç Wilcox'un bu tarikattan haberdar olduğundan
şüpheleniyordum.
Maybe he had heard of the cult in some indirect way.
Belki de tarikat hakkında dolaylı bir şekilde bilgi
edinmişti.
He could easily have invented a series of dreams.
Kolayca bir dizi rüya uydurabilirdi.
That way he could heighten and continue the mystery.
Bu sayede gizemi daha da artırıp sürdürebilirdi.
**The dream-narratives and cuttings collected did of
course corroborate.**

Toplanan rüya anlatıları ve gazete kupürleri elbette bunu doğruladı.

But the rationalism of my mind had not yet been satisfied.

Ancak zihnimin rasyonelliği henüz tatmin olmamıştı.

Coincidences can form highly believable illusions too.

Tesadüfler, son derece inandırıcı yanılsamalar da oluşturabilir.

And we have to bear in mind the extravagance of the whole subject.

Ve konunun tamamının ne kadar abartılı olduğunu da göz önünde bulundurmalıyız.

So I was led to adopt what I thought the most sensible conclusions.

Bu yüzden en mantıklı olduğunu düşündüğüm sonuçlara vardım.

I thoroughly studied the manuscript from the beginning.

Metni baştan sona titizlikle inceledim.

And I correlated the theosophical and anthropological notes.

Teosofik ve antropolojik notları da birbiriyle ilişkilendirdim.

I compared the literature with the cult narrative of Legrasse.

Edebiyat eserlerini Legrasse'ın kült anlatısıyla karşılaştırdım.

I made a trip to Providence to see the sculptor.

Heykeltıraşı görmek için Providence'a bir gezi yaptım.

And I intended to give him the rebuke I thought proper.

Ve ben de ona uygun gördüğüm azarı vermeye niyetliydim.

There must be consequences, I felt, for the trick he played.
Onun yaptığı bu şakanın sonuçları olmalı diye düşündüm.
He had boldly imposed himself upon a learned and aged man.
Cesurca davranarak, bilgili ve yaşlı bir adamın huzuruna çıkmıştı.

***

Wilcox still lived alone where my uncle had met him.
Wilcox hâlâ amcamın onunla tanıştığı yerde yalnız yaşıyordu.
In the Fleur-de-Lys Building in Thomas Street.
Thomas Caddesi'ndeki Fleur-de-Lys Binası'nda.
A hideous Victorian imitation of Seventeenth Century Breton architecture.
17. yüzyıl Breton mimarisinin korkunç bir Viktorya dönemi taklidi.
The building flaunted its stuccoed front amidst its surroundings.
Bina, sıvalı cephesiyle çevresinin içinde göz kamaştırıyordu.
There were lovely Colonial houses on the ancient hill.
Eski tepede çok güzel Kolonyal tarzda evler vardı.
And the house stood under the shadow of the finest Georgian steeple in America.
Ve ev, Amerika'daki en güzel Gürcü tarzı çan kulesinin gölgesinde duruyordu.
I found him at work in his rooms, among his sculptures.
Onu odasında, heykellerinin arasında çalışırken buldum.

The specimens scattered came from a very unique
mind.

Ortaya saçılan örnekler çok eşsiz bir zihnin ürünüydü.

At once I conceded that his genius is indeed profound
and authentic.

Onun dehasının gerçekten derin ve özgün olduğunu
hemen kabul ettim.

He has crystallized in clay that which Arthur Machen
evokes in prose.

Arthur Machen'in düzyazıda dile getirdiği şeyi kilde
somutlaştırdı.

He mirrored in marble the nightmares Clark Ashton
Smith put to canvas.

Clark Ashton Smith'in tuvaline yansıttığı kâbusları
mermere yansıttı.

He will, I believe, be spoken of one day as one of the
great decadents.

Bence bir gün o, büyük yozlaşmış düşünürlerden biri
olarak anılacak.

He was dark, frail, and somewhat unkempt in aspect.

Esmer, zayıf ve biraz dağınık bir görünümü vardı.

He turned languidly at my knock on his door.

Kapısını çalmam üzerine uyuşuk bir şekilde döndü.

He didn't rise from his seat when I came in.

İçeri girdiğimde yerinden kalkmadı.

And he asked me what the purpose of my visit was.

Ve bana ziyaretimin amacının ne olduğunu sordu.

When I told him who I was his interest was piqued.

Ona kim olduğumu söylediğimde ilgisi uyandı.

My uncle had excited his curiosity by probing his
strange dreams.

Amcam, tuhaf rüyalarını araştırarak onun merakını
uyandırmıştı.

**Although he had never explained the reason for the
study.**
Çalışmanın nedenini hiçbir zaman açıklamamıştı.
I did not enlarge his knowledge in this regard.
Bu konuda onun bilgi birikimini artırmadım.
But I sought with some subtlety to gain his confidence.
Ama ince bir yöntemle onun güvenini kazanmaya
çalıştım.
**In a short time I became convinced of his absolute
sincerity.**
Kısa sürede onun tamamen samimi olduğuna ikna
oldum.
**He spoke of the dreams in a manner none could
mistake.**
Rüyalarını, kimsenin yanlış anlayamayacağı bir şekilde
anlattı.
**His dreams' subconscious residuum had influenced his
art profoundly.**
Rüyalarının bilinçaltındaki kalıntıları sanatını derinden
etkilemişti.
**He showed me a morbid statue of the likes I had never
seen before.**
Bana daha önce hiç görmediğim türden, ürkütücü bir
heykel gösterdi.
The statue's contours almost made me shake with fear.
Heykelin hatları beni neredeyse korkudan titretti.
**The potency of the statue's black suggestion was
overbearing.**
Heykelin siyah renginin yarattığı etki son derece
baskındı.
**He could not recall having seen the original of this
thing.**
Bu şeyin orijinalini gördüğünü hatırlayamadı.

But the statue was inspired by his own dream bas-relief.

Ancak heykel, sanatçının kendi rüyasında gördüğü kabartmadan esinlenerek yapılmıştır.

The outlines had formed themselves insensibly under his hands.

Hatlar, ellerinin altında farkında olmadan kendiliğinden oluşmuştu.

It was, no doubt, the giant shape he had raved of in delirium.

Hiç şüphesiz, sayıklamaları sırasında hezeyan ettiği o devasa şekildi.

That he really knew nothing of the hidden cult he soon made clear.

Gizli tarikat hakkında gerçekten hiçbir şey bilmediğini kısa sürede açıkladı.

Only my uncle's relentless catechism had given him some clues.

Amcamın aralıksız verdiği derslerden başka hiçbir şey ona bazı ipuçları vermemişti.

And again I strove to explain the obvious conclusions away.

Ve yine bariz sonuçları açıklamaya çalıştım.

How he could possibly have received the weird impressions?

Bu garip izlenimleri nasıl edinmiş olabilir ki?

He talked of his dreams in a strangely poetic fashion.

Rüyalarından tuhaf bir şekilde şiirsel bir üslupla bahsetti.

He made me see with terrible vividness the vistas of his dream.

Rüyasının manzaralarını bana korkunç bir canlılıkla gösterdi.

The damp Cyclopean city of slimy green stone.

Nemli, balçıklı yeşil taştan yapılmış devasa Kiklop şehri.
The geometry he oddly said, was all wrong.
Tuhaf bir şekilde, geometrinin tamamen yanlış
olduğunu söyledi.
**And he spoke of what he heard with frightened
expectancy.**
Ve duyduklarını korku dolu bir beklentiyle anlattı.
The ceaseless, half-mental calling from underground:
Yeraltından gelen durmaksızın devam eden, yarı deli bir
çağrı:
"**Cthulhu fhtagn... Cthulhu fhtagn**"
"Cthulhu fhtagn... Cthulhu fhtagn"
These words had formed part of that dreaded ritual.
Bu sözler, o korkunç ritüelin bir parçasıydı.
The ritual the told of dead Cthulhu's dream-vigil.
Ritüelde, ölü Cthulhu'nun rüya nöbeti anlatılıyordu.
The ritual that told of his stone vault at R'lyeh.
R'lyeh'deki taş mezarından bahseden ritüel.
And I felt deeply moved, despite my rational beliefs.
Mantıklı inançlarıma rağmen, derinden etkilendim.
**Wilcox, I was sure, had heard of the cult in some casual
way.**
Wilcox'un bu tarikat hakkında bir şekilde, tesadüfen de
olsa bir şeyler duyduğundan emindim.
He spent his time in a mass of equally weird literature.
O, zamanını aynı derecede tuhaf bir edebiyat yığınıyla
geçirdi.
He must have forgotten the source of his knowledge.
Bilgisinin kaynağını unutmuş olmalı.
**Later the cult had found subconscious expression in
his dreams.**
Daha sonra bu tarikat, onun rüyalarında bilinçaltı
düzeyde ifadesini buldu.
But this is natural when stories are so impressive.

Ama hikayeler bu kadar etkileyici olduğunda bu doğal bir durum.

Finally the cult's ideas manifested themselves in the bas-relief.

Sonunda tarikatın fikirleri kabartmalarda kendini gösterdi.

And now the subject of the cult manifested itself in the terrible statue.

Ve şimdi kültün konusu olan şey, korkunç heykelde kendini gösterdi.

I was convinced his imposture upon my uncle had been very innocent.

Amcamı kandırmasının tamamen masumane olduğuna ikna olmuştum.

He both slightly affected, and slightly ill-mannered.

Hem biraz yapmacık, hem de biraz kaba biriydi.

He had a disposition which I could never like.

Hiç sevmediğim bir mizacı vardı.

But I was willing enough now to admit his genius.

Ama artık onun dehasını kabul edecek kadar istekliydim.

And I have no way of denying his honesty either.

Onun dürüstlüğünü inkar etme şansım da yok.

Despite my initial feelings, I took leave of him amicably.

İlk başta hissettiklerimin aksine, ondan dostane bir şekilde ayrıldım.

And I wish him all the success his talent promises.

Ve yeteneğinin vaat ettiği tüm başarıları kendisine diliyorum.

***

The matter of the cult continued to fascinate me.

Bu tarikat meselesi beni büyülemeye devam etti.

At times I had visions of the personal fame I could attain.

Bazen elde edebileceğim kişisel şöhretin hayallerini kurardım.

I visited New Orleans and talked with Legrasse.

New Orleans'ı ziyaret ettim ve Legrasse ile görüştüm.

And I spoke with other policemen of that swamp raid.

Ve o bataklık baskınıyla ilgili diğer polis memurlarıyla da konuştum.

I saw the frightful image with my own eyes.

O korkunç görüntüyü kendi gözlerimle gördüm.

And I even questioned some of the surviving mongrel prisoners.

Hatta hayatta kalan melez mahkumların bazılarını sorguya çektim.

Old Castro, unfortunately, had been dead for some years.

Ne yazık ki, yaşlı Castro birkaç yıldır ölmüştü.

What I now heard so graphically at first hand excited me afresh.

Şimdi bu kadar ayrıntılı bir şekilde ilk elden duyduklarım beni yeniden heyecanlandırdı.

Though it was really no more than a detailed confirmation.

Aslında bu, ayrıntılı bir teyitten başka bir şey değildi.

What they told me I had already read in my uncle's notes.

Bana söylediklerini amcamın notlarında zaten okumuştum.

I felt sure that I was on the track of a very real secret.

Çok gerçek bir sırrın izini sürdüğümden emindim.

And I was sure I was going to discover a very ancient religion.

Ve çok eski bir din keşfedeceğime emindim.

The discovery would make me an anthropologist of note.

Bu keşif beni tanınmış bir antropolog yapardı.

My attitude was still one of absolute rational materialism.

Benim yaklaşımım hâlâ mutlak rasyonel materyalizmden ibaretti.

And I wish my attitude to the subject matter had not changed.

Keşke konuya karşı tutumum değişmeseydi.

I discounted with almost inexplicable perversity the coincidences.

Tesadüfleri neredeyse açıklanamaz bir sapkınlıkla göz ardı ettim.

The dream notes and odd cuttings collected by Professor Angell.

Profesör Angell tarafından derlenen rüya notları ve çeşitli gazete kupürleri.

One thing I began to doubt was the cause of my uncle's death.

Şüphe duymaya başladığım şeylerden biri de amcamın ölümünün sebebiydi.

I began to suspect his death was far from natural.

Ölümünün doğal nedenlerden kaynaklanmadığından şüphelenmeye başladım.

And I now fear I know my uncle's death was not natural.

Ve şimdi korkarım ki amcamın ölümü doğal değildi.

It was on a narrow hill street where he fell.

Düştüğü yer, tepenin üzerindeki dar bir sokaktı.

The street lead up from the ancient waterfront.

Cadde, eski liman bölgesinden yukarı doğru uzanıyordu.

The port-town swarms with foreign mongrels.

Liman kenti, yabancı melez köpeklerle dolup taşıyor.

He fell after a careless push from a negro sailor.

Siyahi bir denizcinin dikkatsizce itmesi sonucu yere düştü.

I had not forgotten the mixed blood of the cult-members in Louisiana.

Louisiana'daki tarikat üyelerinin karışık kanlı olduğunu unutmamıştım.

I had not forgotten the sailors in the voodoo orgy.

Voodoo ayinindeki denizcileri unutmamıştım.

And would not be surprised to learn that they had other knowledge too.

Ve onların başka bilgilere de sahip olduklarını öğrensem şaşırmam.

Secret methods as anciently known as the cryptic rites.

Eski çağlardan beri gizemli ritüeller olarak bilinen gizli yöntemler.

Poison needles as ruthless their demonic beliefs.

Zehirli iğneler, şeytani inançları kadar acımasızdır.

Legrasse and his men, it is true, have been let alone.

Doğru, Legrasse ve adamları kendi hallerine bırakıldılar.

But in Norway a certain seaman who saw things is dead.

Ancak Norveç'te bazı şeyleri gören bir denizci öldü.

Might not sinister ears have picked up my uncle's interest in the sculptor?

Amcamın heykeltıraşa olan ilgisini, kötü niyetli kulaklar fark etmiş olabilir mi?

Might not the deeper inquiries of my uncle have drawn someone's attention?

Amcamın daha derinlemesine yaptığı araştırmalar birilerinin dikkatini çekmiş olamaz mıydı?

I think Professor Angell died because he knew too much.

Bence Profesör Angell çok fazla şey bildiği için öldü.

Or he died because he was likely to learn too much.

Ya da çok fazla şey öğrenme ihtimali yüzünden öldü.

Whether I shall go out as he did remains to be seen.

Onun gibi ben de çıkıp çıkamayacağım henüz belli değil.

Because I too have learned much about Cthulhu.

Çünkü ben de Cthulhu hakkında çok şey öğrendim.

The Madness from the Sea
Denizden Gelen Çılgınlık

There is one great boon heaven could grant me.
Cennetin bana bahşedebileceği büyük bir lütuf var.
The total effacing of the results of a mere chance.
Tamamen tesadüf eseri ortaya çıkan sonuçların
tamamen silinmesi.
I wish I had never seen that stray piece of paper.
Keşke o kağıt parçasını hiç görmeseydim.
**My daily routine would normally not have taken me
there.**
Normalde günlük rutinlerim beni oraya götürmezdi.
On any other day I would not have noticed anything.
Başka bir gün olsa hiçbir şey fark etmezdim.
It was an old number of an Australian journal.
Bu, Avustralya'da yayınlanan bir derginin eski bir
sayısıydı.
The Sydney Bulletin for April 18, 1925
Sydney Bulletin, 18 Nisan 1925
The paper had even slipped past the cutting bureau.
Gazete, sansür kurulunun bile elinden kaçmıştı.
I had largely given over my inquiries to a friend.
Sorularımın büyük bir kısmını bir arkadaşıma
bırakmıştım.
He had taken on the work of most of the research.
Araştırmanın büyük bir kısmını o üstlenmişti.
**He had come to refer to the group as the "Cthulhu
Cult".**
Gruba "Cthulhu Tarikatı" adını vermişti.
**I was visiting my learned friend of Paterson, New
Jersey.**
New Jersey, Paterson'da yaşayan bilgili arkadaşımı
ziyaret ediyordum.

The curator of a local museum, and a mineralogist of note.

Yerel bir müzenin küratörü ve tanınmış bir mineralog.

While at his museum I had access to the reserved specimens.

Müzesindeyken, koruma altına alınmış örneklere erişimim oldu.

And this is when an odd picture caught my attention.

Ve tam bu sırada tuhaf bir resim dikkatimi çekti.

Beneath one of the stones was the Sydney Bulletin I mentioned.

Taşlardan birinin altında bahsettiğim Sydney Bulletin gazetesi vardı.

My friend has wide affiliations in all conceivable foreign lands.

Arkadaşımın akla gelebilecek her türlü yabancı ülkede geniş bağlantıları var.

The picture was a half-tone cut of a hideous stone image.

Resim, korkunç bir taş heykelin yarı tonlu bir baskısıydı.

Almost identical with the stone Legrasse had found in the swamp.

Legrasse'ın bataklıkta bulduğu taşla neredeyse aynı.

Eagerly I read the article for its precious contents.

Makalenin değerli içeriği nedeniyle büyük bir ilgiyle okudum.

But I was disappointed to find that it was just a short article.

Ama bunun sadece kısa bir makale olduğunu görünce hayal kırıklığına uğradım.

Although brief, the information was of portentous significance.

Bilgiler kısa olsa da, son derece önemli bir anlam taşıyordu.

"MYSTERY DERELICT FOUND AT SEA"
"DENİZDE GİZEMLİ TERK BULUNDU"

Vigilant Arrives With Helpless Armed New Zealand Yacht in Tow.

Vigilant, arkasında çaresiz durumdaki silahlı Yeni Zelanda yatıyla birlikte olay yerine geldi.

One Survivor and one Dead Man Found Aboard.

Gemide bir kurtulan ve bir ölü bulundu.

Tale of Desperate Battle and Deaths at Sea.

Denizde Verilen Umutsuz Mücadele ve Ölümlerin Öyküsü.

Rescued Seaman Refuses Particulars of Strange Experience.

Kurtarılan denizci, yaşadığı tuhaf deneyimin ayrıntılarını anlatmayı reddetti.

Odd Idol Found in His Possession, Inquiry to Follow.

Üzerinde tuhaf bir put bulundu, soruşturma başlatılacak.

The Alert of Dunedin yacht, N.Z., had been disabled in battle.

Yeni Zelanda'ya ait Alert of Dunedin yatı savaşta kullanılamaz hale gelmişti.

Previously the ship had left from Valparaiso on March 25th.

Gemi daha önce 25 Mart'ta Valparaiso'dan ayrılmıştı.

On April 2nd the ship was driven considerably south of her course.

2 Nisan'da gemi rotasından oldukça güneye doğru sürüklendi.

Exceptionally heavy storms had redirected the ship.

Son derece şiddetli fırtınalar geminin rotasını değiştirmişti.

Monster waves forced the ship to take a different route.

Dev dalgalar gemiyi farklı bir rota izlemeye zorladı.

On April 12th the ship was sighted by another ship.

12 Nisan'da gemi başka bir gemi tarafından görüldü.

Latitude 34° 21', Longitude 152° 17'

Enlem 34° 21', Boylam 152° 17'

Initially they thought the ship had been deserted.

İlk başta geminin terk edilmiş olduğunu düşündüler.

But one still living man had been found on board.

Ancak gemide hayatta olan bir adam bulunmuştu.

This lone survivor was in a half-delirious condition.

Hayatta kalan tek kişi yarı sayıklama halindeydi.

The only other victim found was a man already dead a week.

Bulunan diğer tek kurban ise bir hafta önce ölmüş bir adamdı.

Now the heavily armed steam yacht was being towed.

Ağır silahlarla donatılmış buharlı yat şimdi çekiliyordu.

And this morning the ship was coming in to its wharf.

Ve bu sabah gemi iskeleye yanaşıyordu.

The living man was clutching a horrible stone idol.

Yaşayan adam korkunç bir taş putu sıkıca tutuyordu.

The stone idol was about a foot in height.

Taş heykel yaklaşık 30 santimetre yüksekliğindeydi.

And the origins of the stone were completely unknown.

Taşın kökeni ise tamamen bilinmiyordu.

Authorities at Sydney university were baffled.

Sydney Üniversitesi yetkilileri şaşkına döndü.

The Royal Society couldn't offer information about the idol.

Kraliyet Cemiyeti, söz konusu put hakkında bilgi veremedi.

And the Museum in College street had no insights either.

College Street'teki müzenin de bu konuda hiçbir bilgisi yoktu.

The survivor says he found the stone in the cabin of the yacht.

Kurtulan, taşı yatın kamarası içinde bulduğunu söylüyor.

Allegedly the idol was in a small carved shrine.

İddiaya göre put, küçük, oyma bir tapınakta bulunuyordu.

And the carvings of the shrine were of common pattern.

Ve türbenin üzerindeki oymalar ortak bir desene sahipti.

This man eventually recovered back to his senses.

Bu adam sonunda kendine geldi.

And he told an exceedingly strange story of piracy and slaughter.

Ve korsanlık ve katliamla ilgili son derece tuhaf bir hikaye anlattı.

He is Gustaf Johansen, a Norwegian of some intelligence.

O, zekâ seviyesi oldukça yüksek bir Norveçli olan Gustaf Johansen'dir.

And he had been second mate of the two-masted schooner Emma of Auckland.

Ayrıca Auckland'dan Emma adlı iki direkli yelkenli geminin ikinci kaptanıydı.

The ship sailed for Callao February 20th, manned by eleven sailors.

Gemi, on bir denizciyle birlikte 20 Şubat'ta Callao'ya doğru yola çıktı.

The ship, he says, was delayed and thrown widely south of her course.

Ona göre gemi gecikti ve rotasından oldukça güneye doğru savruldu.

There was a great storm on March 1st, and on March 22nd.

1 Mart ve 22 Mart'ta büyük fırtınalar oldu.

On their journey they encountered another ship.

Yolculukları sırasında başka bir gemiyle karşılaştılar.

This was in S. Latitude 49° 51′, W. Longitude 128° 34′

Burası 49° 51′ güney enleminde ve 128° 34′ batı boylamındaydı.

This ship was manned by a queer and evil-looking crew.

Bu geminin mürettebatı tuhaf ve kötü görünümlü insanlardan oluşuyordu.

All the men were of Kanakas and half-castes.

Bütün erkekler Kanaka ve melezdi.

Being ordered peremptorily to turn back, Capt. Collins refused.

Geri dönmesi yönünde kesin bir emir verilmesine rağmen, Yüzbaşı Collins bunu reddetti.

Without warning the strange crew began to shoot savagely upon the schooner.

Hiç beklenmedik bir anda, garip mürettebat yelkenli gemiye vahşice ateş etmeye başladı.

They shot a peculiarly heavy battery of brass cannon.

Olağanüstü ağır bir pirinç top bataryası ateşlediler.

The men from his ship showed fighting spirit, says the survivor.

Hayatta kalan kişinin ifadesine göre, gemideki adamlar savaşçı bir ruh sergilediler.

The schooner began to sink from shots beneath the waterline.

Su hattının altından gelen atışlarla yelkenli gemi batmaya başladı.

But they managed to heave alongside their enemy boat, and board her.

Ama düşman gemisinin yanına yanaşmayı ve gemiye çıkmayı başardılar.

They grappled with the savage crew on the yacht's deck.

Yatın güvertesinde vahşi mürettebatla boğuştular.

Their mode of fighting seemed to be strangely clumsy.

Dövüşme biçimleri garip bir şekilde beceriksiz görünüyordu.

But defeat did not seem to be an option for these savage men.

Ancak bu vahşi adamlar için yenilgi bir seçenek gibi görünmüyordu.

They had a particularly abhorrent and desperate way of fighting.

Onların savaşma biçimleri son derece iğrenç ve umutsuzcaydı.

So they had no choice but to kill all men of the enemy ship.

Bu yüzden düşman gemisindeki tüm mürettebatı öldürmekten başka çareleri kalmamıştı.

Three of their men were also killed in the fight.

Çatışmada onların üç adamı da öldürüldü.

Capt. Collins and First Mate Green were among the dead.

Ölenler arasında Kaptan Collins ve Birinci Kaptan Yardımcısı Green de vardı.

Second Mate Johansen took over control from First Mate Green.

İkinci Kaptan Johansen, Birinci Kaptan Green'den görevi devraldı.

And the remaining eight men proceeded to navigate the captured yacht.

Geriye kalan sekiz adam ise ele geçirdikleri yatın
dümenini kullanmaya başladı.

**They proceeded to continue in the original direction
they were going.**

Başlangıçta planladıkları yöne doğru ilerlemeye devam
ettiler.

**To see if there had been any reason they were ordered
to turn around.**

Geri dönmeleri emredilmesinin herhangi bir sebebi olup
olmadığını görmek için.

***

The next day, it appears, they landed on a small island.

Ertesi gün küçük bir adaya ayak bastılar.

**Although no island is known to exist in that part of the
ocean.**

Okyanusun o bölgesinde bilinen bir ada olmamasına
rağmen.

**Six of the men somehow died ashore while on the
island.**

Adada bulundukları sırada altı adam karaya
çıktıklarında bir şekilde hayatını kaybetti.

**Though Johansen is queerly reticent about this part of
his story.**

Johansen, hikayesinin bu kısmıyla ilgili olarak tuhaf bir
şekilde ketum davranıyor.

And he speaks only of their falling into a rock chasm.

Ve o sadece onların bir kaya yarığına düşmelerinden
bahsediyor.

**Later, it seems, he and one companion boarded the
yacht.**

Daha sonra, anlaşılan o ki, kendisi ve bir arkadaşı yatın
içine binmişler.

Together they tried to sail the ship, undermanned.

Eksik mürettebatla birlikte gemiyi denize indirmeye çalıştılar.

But they were beaten about by the storm of April 2nd.

Ancak 2 Nisan fırtınası onları harap etti.

From that time till his rescue on the 12th, the man remembers little.

O zamandan 12'sinde kurtarıldığı güne kadar olan süreyi adam pek az hatırlıyor.

And he does not even recall when William Briden, his companion, died.

Üstelik arkadaşı William Briden'ın ne zaman öldüğünü bile hatırlamıyor.

Autopsy could reveal no obvious cause to Briden's death.

Otopsi, Briden'ın ölümüne dair belirgin bir neden ortaya koyamadı.

The most likely cause of death is exposure to the elements.

En muhtemel ölüm nedeni, olumsuz hava koşullarına maruz kalmaktır.

The Dunedin reported that their boat, the Alert, was well known.

Dunedin gazetesi, Alert adlı teknelerinin oldukça tanınmış olduğunu bildirdi.

The island traders bore an evil reputation along the waterfront.

Ada tüccarları, kıyı şeridi boyunca kötü bir şöhrete sahipti.

The ship was owned by a curious group of half-castes.

Gemi, tuhaf bir melezler grubuna aitti.

Frequent meetings and night trips to the woods attracted curiosity.

Sık sık yapılan toplantılar ve gece ormana yapılan geziler merak uyandırdı.

The ship had set sail in great haste on March 1st.

Gemi 1 Mart'ta büyük bir aceleyle yola çıkmıştı.

Just after the storm, and the earth tremors that night.

Fırtınanın hemen ardından ve o geceki yer sarsıntılarından sonra.

Our Auckland correspondent gives the Emma excellent reputation.

Auckland muhabirimiz Emma'ya mükemmel bir itibar atfediyor.

The Crew from the Emma were held very in high regard.

Emma gemisinin mürettebatı çok saygı görüyordu.

And Johansen is described as a sober and worthy man.

Johansen ise aklı başında ve saygın bir adam olarak tanımlanıyor.

The admiralty will institute an inquiry on the whole matter.

Amirallik bu konuyla ilgili bir soruşturma başlatacak.

Starting tomorrow they will collect all relevant information.

Yarından itibaren ilgili tüm bilgileri toplamaya başlayacaklar.

Every effort will be made to induce Johansen to speak.

Johansen'i konuşmaya ikna etmek için her türlü çaba gösterilecektir.

This and the hellish image were all the information I had to go on.

Bu ve o cehennemvari görüntü, elimdeki tüm bilgilerdi.

But what a train of ideas that little information started in my mind!

Ama o azıcık bilgi aklımda ne kadar çok fikir uyandırdı!

Here were new treasuries of data on the Cthulhu Cult.

Burada Cthulhu Kültü hakkında yeni veri hazineleri vardı.

The cult not only had interests on land.

Bu tarikatın çıkarları sadece toprakla sınırlı değildi.

Now there was evidence they also had connections to the sea.

Artık onların denizle de bağlantıları olduğuna dair kanıtlar vardı.

What motive prompted the hybrid crew to order back the Emma?

Hibrit mürettebatı Emma'yı geri istemeye iten sebep neydi?

Why did they sail about with their hideous idol?

Neden o korkunç putlarıyla birlikte denizde dolaştılar?

What was the unknown island on which six of the Emma's crew had died?

Emma mürettebatından altı kişinin öldüğü bilinmeyen ada hangisiydi?

And why was Johansen so secretive about their death?

Peki Johansen onların ölümü konusunda neden bu kadar gizli davrandı?

What had the vice-admiralty's investigation brought out?

Koramiralin soruşturması neyi ortaya çıkardı?

And what was known of the noxious cult in Dunedin?

Dunedin'deki bu zararlı tarikat hakkında neler biliniyordu?

Nor could one help but marvel at the timing of the events.

Olayların zamanlamasına da hayran kalmamak elde değildi.

There was a deep and more than natural linkage between the dates.

Tarihler arasında derin ve doğalın ötesinde bir bağlantı vardı.

A malign and now undeniable significance to the various turns of events.

Olayların çeşitli seyrine dair kötücül ve artık inkar edilemez bir öneme sahip.

***

My uncle had noted with great care the connecting events.

Amcam, olayları birbirine bağlayan unsurları büyük bir dikkatle not etmişti.

On March 1st the earthquake and storm had come.

1 Mart'ta deprem ve fırtına geldi.

February 28th, according to the International Date Line.

Uluslararası Tarih Hattı'na göre 28 Şubat.

From Dunedin the noisome crew of the Alert darted eagerly forth.

Dunedin'den Alert gemisinin gürültücü mürettebatı hevesle yola koyuldu.

They moved as if they had been imperiously summoned.

Sanki buyurgan bir şekilde çağrılmış gibi hareket ettiler.

On the other side of the earth the other events unfolded.

Dünyanın diğer tarafında ise başka olaylar yaşandı.

Poets and artists had begun to have their strange dreams.

Şairler ve sanatçılar tuhaf rüyalar görmeye başlamışlardı.

Dreams of a dank Cyclopean city from times long gone.

Çok eski zamanlardan kalma, rutubetli, devasa bir şehrin hayalleri.

A young sculptor was persuaded by these dreams too.

Genç bir heykeltıraş da bu hayallerden etkilenmişti.

In his sleep he molded the form of the dreaded Cthulhu.

Uykusunda korkunç Cthulhu'nun şeklini aldı.

On March 23rd the crew of the Emma landed on an unknown island.

23 Mart'ta Emma gemisinin mürettebatı bilinmeyen bir adaya ayak bastı.

There on that island they left six men dead.

O adada altı adamı ölü bıraktılar.

On that date the dreams of sensitive men assumed a heightened vividness.

O tarihte hassas erkeklerin hayalleri daha da canlı bir hal aldı.

Their dreams darkened with dread of a giant monster's malign pursuit.

Rüyaları, dev bir canavarın kötü niyetli takibi korkusuyla karardı.

One architect went mad from his dreams that night.

Mimarlardan biri o gece gördüğü rüyalar yüzünden aklını kaybetti.

And a sculptor had lapsed suddenly into delirium!

Ve bir heykeltıraş aniden sayıklama krizine girmişti!

And then there was the storm of April 2nd.

Ve sonra 2 Nisan fırtınası geldi.

The date on which all dreams of the dank city ceased.

O kasvetli şehre dair tüm hayallerin sona erdiği tarih.

Wilcox emerged unharmed from the bondage of strange fever.

Wilcox, bu garip ateşin esaretinden yara almadan kurtuldu.

And everything appeared to be normal again.

Ve her şey yeniden normale dönmüş gibi görünüyordu.

But what about the hints old Castro had suggested?

Peki ya yaşlı Castro'nun ima ettiği ipuçları?

What about the sunken, star-born old ones?

Peki ya batmış, yıldızlardan doğmuş kadim varlıklar?

What about their promised return and coming reign?

Peki ya onların vaat edilen dönüşleri ve gelecek saltanatları?

What about their faithful cult and their mastery of dreams?

Peki ya onların sadık kültleri ve rüyalar üzerindeki hakimiyetleri?

Was I tottering on the brink of cosmic horrors?

Evrensel dehşetlerin eşiğinde miydim?

Cosmic horrors far beyond man's power to bear?

İnsanoğlunun dayanabileceği sınırların çok ötesindeki kozmik dehşetler mi?

If so, they must be horrors of the mind alone.

Öyleyse bunlar yalnızca zihnin yarattığı dehşetler olmalı.

On the second of April there was sudden coordinated calm.

2 Nisan'da ani ve koordineli bir sükunet yaşandı.

The monstrous menace that sieged mankind's soul had vanished.

İnsanlığın ruhunu kuşatan o korkunç tehdit ortadan kalkmıştı.

That evening I made all necessary arrangements for onwards travel.

O akşam, sonraki yolculuk için gerekli tüm düzenlemeleri yaptım.

I bade my host adieu and took a train for San Francisco.

Ev sahibime veda ettim ve San Francisco'ya giden trene bindim.

***

In less than a month I was at the port of Dunedin.
Bir aydan kısa bir süre içinde Dunedin limanındaydım.
Here, however, my investigation stumbled slightly.
Ancak burada araştırmam biraz aksadı.
I inquired in the old sea taverns where the men had lingered.
Adamların oyalandığı eski deniz kenarı lokantalarında sordum.
But little was known of the strange cult members.
Ancak bu tuhaf tarikat üyeleri hakkında çok az şey biliniyordu.
Waterfront scum was far too common for special mention.
Liman bölgesindeki pislikler o kadar yaygındı ki, özel olarak belirtmeye gerek bile yoktu.
But there was vague talk about one inland trip these mongrels had made.
Ancak bu melez köpeklerin iç bölgelere yaptıkları bir yolculuktan üstü kapalı bahsediliyordu.
Faint drumming and red flames were noted on the distant hills.
Uzak tepelerde hafif davul sesleri ve kızıl alevler duyuldu.
In Auckland I learned only a little more of Johansen.
Auckland'da Johansen hakkında çok az şey daha öğrendim.
He had been taken to Sydney for the investigation.
Soruşturma için Sidney'e götürülmüştü.

A perfunctory and inconclusive questioning turned his hair white.

Üstünkörü ve sonuçsuz bir sorgulama saçlarını beyazlattı.

Thereafter he sold his cottage in West Street.

Bundan sonra West Street'teki kulübesini sattı.

And he sailed with his wife to his old home in Oslo.

Ve karısıyla birlikte Oslo'daki eski evine doğru yelken açtı.

His experience had clearly stirred him deeply.

Yaşadığı deneyim onu açıkça derinden etkilemişti.

But he told his friends no more than he had told the admiralty officials.

Ancak arkadaşlarına da amirallik yetkililerine söylediklerinden fazlasını söylemedi.

And all they could do was to give me his Oslo address.

Yapabildikleri tek şey bana Oslo adresini vermek oldu.

After that I went to Sydney and talked profitlessly with seamen.

Daha sonra Sidney'e gittim ve denizcilerle verimsiz görüşmeler yaptım.

Members of the vice-admiralty court could not enlighten me either.

Denizcilik mahkemesi üyeleri de beni aydınlatamadı.

I tracked the Alert down to Circular Quay in Sydney Cove.

Alarmın kaynağını Sydney Cove'daki Circular Quay'de buldum.

The ship had been sold and was again in commercial use.

Gemi satılmış ve tekrar ticari amaçla kullanılmaya başlanmıştı.

But I could gain no further clues from the ship's cargo.

Fakat geminin kargosundan başka bir ipucu elde edemedim.

The image was preserved in the Museum at Hyde Park.

Bu görüntü Hyde Park Müzesi'nde muhafaza edilmektedir.

The cuttlefish head, dragon body, and scaly wings.

Mürekkep balığı kafası, ejderha gövdesi ve pullu kanatlar.

The monster crouching atop the hieroglyphed pedestal.

Hiyerogliflerle süslü kaidenin üzerinde çömelmiş canavar.

I studied every detail of the idol long and well.

Heykelin her detayını uzun uzun ve iyice inceledim.

The relic was a thing of balefully exquisite workmanship.

Bu kutsal emanet, son derece incelikli bir işçiliğin ürünüydü.

I couldn't help but notice the similarity to Legrasse's smaller specimen.

Legrasse'nin daha küçük örneğiyle olan benzerliği fark etmeden edemedim.

Both idols had the same utter mystery and terrible antiquity.

Her iki put da aynı derecede gizemli ve korkunç bir kadimliğe sahipti.

And both idols had the same unearthly strangeness of material.

Ve her iki put da aynı dünyevi olmayan garip bir malzeme özelliğine sahipti.

Geologists, the curator told me, had found it a monstrous puzzle.

Müze küratörünün bana söylediğine göre, jeologlar bunu çözülmesi çok zor bir bilmece olarak görmüşlerdi.

They insisted that the world held no rock like this one.

Dünyada bunun gibi bir kaya parçasının daha olmadığını ısrarla vurguladılar.

Then I thought with a shudder of what old Castro had told Legrasse.

Sonra, yaşlı Castro'nun Legrasse'ye anlattıklarını düşününce ürperdim.

The tale of the primal great ones, sunken under the sea.

Denizin altında batmış olan kadim büyüklerin öyküsü.

"They had come from the stars."

"Yıldızlardan gelmişlerdi."

"They had brought their images with them."

"Resimlerini de yanlarında getirmişlerdi."

I was shaken with a mental revolution as I had never before known.

Daha önce hiç yaşamadığım türden bir zihinsel devrimle sarsıldım.

I was now completely resolved to visit Mate Johansen in Oslo.

Oslo'da Mate Johansen'i ziyaret etmeye artık tamamen karar vermiştim.

Sailing for London, I re-embarked at once for the Norwegian capital.

Londra'ya doğru yelken açtıktan sonra, hemen Norveç başkentine doğru tekrar gemiye bindim.

And one autumn day I landed at the wharves.

Ve bir sonbahar günü rıhtıma indim.

*****

Johansen's hometown was in the shadow of the Egeberg.

Johansen'in memleketi Egeberg'in gölgesindeydi.

I discovered he lived in the Old Town of King Harold Haardrada.

Onun Kral Harold Haardrada'nın Eski Şehrinde yaşadığını keşfettim.

For centuries the greater city had masqueraded as "Christiania".

Yüzyıllar boyunca bu büyük şehir "Christiania" olarak gizlenmişti.

King Harald Hardrada kept alive the name of Oslo.

Kral Harald Hardrada, Oslo'nun adını yaşatmaya devam etti.

I made the brief trip to his residences by taxicab.

Taksiyle kısa bir yolculuk yaparak evlerine gittim.

A neat and ancient building with plastered front.

Sıvalı cephesiyle bakımlı ve eski bir bina.

And I knocked with palpitant heart at the door.

Ve kalbim hızla çarparken kapıyı çaldım.

A sad-faced woman in black answered my summons.

Siyahlar içinde, üzgün yüzlü bir kadın çağrıma yanıt verdi.

I was stung with disappointment at the sight.

Bu manzarayı görünce büyük bir hayal kırıklığı yaşadım.

She told me in halting English that Gustaf Johansen was no more.

Bana kekeleyerek İngilizceyle Gustaf Johansen'in artık hayatta olmadığını söyledi.

He had not long survived his return, said his wife.

Karısının söylediğine göre, dönüşünden kısa bir süre sonra hayata veda etmişti.

The doings at sea in 1925 had broken him.

1925'te denizde yaşananlar onu yıpratmıştı.

He had told her no more than he had told the public.

Ona, kamuoyuna söylediğinden başka bir şey
söylememişti.
**But he had left a long manuscript of "technical
matters".**
Ancak geride "teknik konular" üzerine uzun bir el
yazması bırakmıştı.
These notes of the voyage had been written in English.
Bu seyahat notları İngilizce olarak yazılmıştı.
**Evidently in order to safeguard her from the peril of
casual perusal.**
Görünüşe göre onu rastgele göz atma tehlikesinden
korumak için.
**He had gone for a walk through a narrow lane near the
Gothenburg dock.**
Göteborg limanı yakınlarındaki dar bir sokakta
yürüyüşe çıkmıştı.
**A bundle of papers falling from an attic window had
knocked him down.**
Çatı penceresinden düşen bir kağıt yığını onu yere
devirmişti.
Two Lascar sailors at once helped him to his feet.
İki Lascar denizcisi hemen ayağa kalkmasına yardım
etti.
**But before the ambulance could reach him he was
dead.**
Ancak ambulans ona ulaşmadan önce ölmüştü.
The physicians found no adequate cause for his death.
Doktorlar ölümünün nedenini yeterince tespit
edemediler.
They mostly attributed his death to heart trouble.
Ölümünün büyük olasılıkla kalp rahatsızlığından
kaynaklandığı düşünülüyor.
**But they added his weakened constitution most likely
contributed.**

Ancak zayıflamış bünyesinin de bunda büyük olasılıkla
payı olduğunu eklediler.
I now felt a deep gnawing at my vitals.
İç organlarımda derin bir kemirme hissi duymaya
başladım.
**A dark terror which will never leave me till I, too, am
at rest.**
Ben de huzura kavuşana kadar beni asla terk etmeyecek
karanlık bir dehşet.
**Whether my death will come "accidentally" or not I
can't tell.**
Ölümümün "kazara" mı yoksa kasıtlı mı olacağını
bilemiyorum.
I spoke to the widow about her husband's work.
Dul kadınla kocasının işi hakkında konuştum.
**And I persuaded her I had a "technical" connection to
him.**
Ve onunla "teknik" bir bağlantım olduğuna onu ikna
ettim.
**So she felt I was sufficiently entitled to the
manuscript.**
Dolayısıyla, el yazmasını alma hakkımın yeterince
olduğunu düşündü.
And so I attained the dead man's writing.
Ve böylece ölen adamın yazısını ele geçirdim.
I began to read the documents on the boat to London.
Belgeleri Londra'ya giden gemide okumaya başladım.
They were little more than simple, rambling notes.
Bunlar, basit ve dağınık notlardan ibaretti.
A naive sailor's effort at a post-facto diary.
Deneyimsiz bir denizcinin olaylardan sonra tuttuğu
günlük denemesi.
He strove to recall that last awful voyage day by day.
O, o korkunç son yolculuğu her gün hatırlamaya çalıştı.

I cannot attempt to transcribe his notes verbatim.
Onun notlarını kelimesi kelimesine yazıya geçirmeye
kalkışamam.
The manuscript is clouded with vagueness and
redundance.
Metin belirsizlik ve gereksiz tekrarlarla dolu.
But I will tell the gist of what he wrote.
Ama yazdıklarının özünü aktaracağım.
Perhaps then you will understand why I stuffed my
ears with cotton.
Belki o zaman neden kulaklarımı pamukla tıkadığımı
anlarsın.
The sound of the water against the vessel's sides
became unendurable.
Suyun geminin yan taraflarına çarpma sesi dayanılmaz
hale gelmişti.

***

Johansen, thank God, did not quite know what he had
seen.
Şükürler olsun ki Johansen, gördüklerinin tam olarak ne
olduğunu anlamamıştı.
But it is evident he had seen the city and the Thing.
Ancak şehrin ve Şey'in gördüğünün aşikar olduğu
ortada.
I shall never sleep calmly again when I think of the
horrors.
O dehşet verici olayları düşündükçe bir daha asla huzur
içinde uyuyamayacağım.
The horrors that lurk ceaselessly behind life in time
and space.
Zaman ve mekânda yaşamın ardında durmaksızın
gizlenen dehşetler.

Those unhallowed blasphemies that come from elder stars.
Eski yıldızlardan gelen o kutsal olmayan küfürler.
Dreamers beneath the sea known only by a nightmare cult.
Deniz altında yaşayan ve yalnızca bir kâbus kültü tarafından bilinen hayalperestler.
A cult ready and eager to release these monsters into the world.
Bu canavarları dünyaya salmaya hazır ve istekli bir tarikat.
Whenever another earthquake raises their monstrous stone city again.
Her yeni depremde o devasa taş şehir yeniden yükseliyor.
When Cthulhu is under the light of the sun once more.
Cthulhu yeniden güneş ışığına kavuştuğunda.
Johansen's voyage had begun just as he told it to the vice-admiralty.
Johansen'in yolculuğu, koramiral komutanına anlattığı gibi başlamıştı.
The Emma, in ballast, had cleared Auckland on February 20th.
Emma gemisi, balast yüküyle birlikte 20 Şubat'ta Auckland'dan ayrılmıştı.
The ship had felt the full force of that earthquake-born tempest.
Gemi, depremden doğan fırtınanın tüm şiddetini hissetmişti.
The horrors from the sea-bottom that filled men's dreams.
Deniz dibinden gelen dehşetler, insanların rüyalarını doldurdu.

Once under control again the ship was making good progress.

Gemi tekrar kontrol altına alındıktan sonra iyi bir ilerleme kaydediyordu.

But then the ship was held up by the Alert on March 22nd.

Ancak gemi, 22 Mart'ta verilen alarm nedeniyle gecikti.

I could feel the mate's regret as he wrote of her bombardment and sinking.

Gemi mürettebatının, geminin bombardımana maruz kalmasını ve batmasını yazarken duyduğu pişmanlığı hissedebiliyordum.

Of the swarthy cult-fiends on the other boat he speaks with horror.

Karşı teknedeki esmer, tarikatçı sapıklardan dehşetle bahsediyor.

There was some peculiarly abominable quality about them.

Onlarda son derece iğrenç bir özellik vardı.

Something made their destruction seem almost a duty.

Bir şey, onların yok edilmesini neredeyse bir görev gibi gösteriyordu.

This point was brought up during the proceedings of the court of inquiry.

Bu husus, soruşturma mahkemesinin yargılamaları sırasında gündeme getirildi.

Johansen shows ingenuous wonder at the accusation of ruthlessness.

Johansen, acımasızlık suçlaması karşısında saf bir şaşkınlık sergiliyor.

Curiosity is what drove the men on in their captured yacht.

Ele geçirdikleri yatta adamları ileriye doğru iten şey merak duygusuydu.

Sticking out of the sea the men sighted a great stone pillar.

Adamlar denizin üzerinden yükselen büyük bir taş sütun gördüler.

In South Latitude 47° 9', West Longitude 126° 43' they come upon a coastline.

Güney enlemi 47° 9', batı boylamı 126° 43'te bir kıyı şeridine ulaşırlar.

The coastline was of mingled mud, ooze, and weedy Cyclopean masonry.

Kıyı şeridi, çamur, balçık ve yosunlu devasa taş duvarların karışımından oluşuyordu.

Nothing less than the tangible substance of earth's supreme terror.

Yeryüzünün en büyük dehşetinin somutlaşmış halinden başka bir şey değil.

They had come across the nightmare corpse-city of R'lyeh.

R'lyeh adlı kâbus gibi cesetler şehrine rastlamışlardı.

A city built in measureless eons behind history.

Tarihin çok gerisinde, ölçülemez çağlar boyunca inşa edilmiş bir şehir.

Monuments to vast loathsome shapes that seeped down from the dark stars.

Karanlık yıldızlardan süzülerek inen, devasa ve iğrenç şekillere adanmış anıtlar.

There lay great Cthulhu and his hordes for incalculable cycles.

Orada, sayısız döngü boyunca büyük Cthulhu ve orduları yatıyordu.

Hidden in green slimy vaults, they sent out their thoughts.

Yeşil, sümüksü mahzenlerde gizlenerek düşüncelerini gönderdiler.

The thoughts that spread fear to the dreams of the sensitive.

Hassas kişilerin rüyalarına korku salan düşünceler.

The thoughts that called imperiously to the faithful.

İnananlara buyurgan bir şekilde seslenen düşünceler.

"Come on a pilgrimage of liberation and restoration."

"Kurtuluş ve yeniden yapılanma hac yolculuğuna katılın."

All this horror Johansen had no way of suspecting.

Johansen tüm bu dehşetten şüphelenme imkanına sahip değildi.

But God knows he had soon seen enough!

Ama Tanrı bilir ki, o çok geçmeden yeterince şey görmüştü!

I suppose what they saw was only a single mountain-top.

Sanırım gördükleri sadece tek bir dağ zirvesiydi.

Soon the rest of the city emerged from the waters.

Çok geçmeden şehrin geri kalanı da suların üzerinden ortaya çıktı.

The hideous monolith-crowned citadel where great Cthulhu was buried.

Büyük Cthulhu'nun gömüldüğü, korkunç monolitlerle taçlandırılmış kale.

I shudder to think of all that may be brooding down there.

Orada aşağıda neler olup bittiğini düşünmek bile beni ürpertiyor.

And I almost wish to kill myself to stop these thoughts.

Bu düşüncelere son vermek için neredeyse kendimi öldürmeyi istiyorum.

***

Johansen and his men were awed by the cosmic majesty.

Johansen ve adamları, kozmik ihtişam karşısında hayrete düştüler.

They beheld the sight of this dripping Babylon of elder demons.

Onlar, kadim iblislerin hüküm sürdüğü, damlayan bu Babil'in görüntüsüne şahit oldular.

They must have guessed without guidance what it was they saw.

Gördüklerinin ne olduğunu, herhangi bir yönlendirme olmadan tahmin etmiş olmalılar.

What they saw was nothing of this or of any sane planet.

Gördükleri şey, ne bu gezegene ne de aklı başında herhangi bir gezegene ait bir şeye benzemiyordu.

The unbelievable size of the greenish stone blocks.

Yeşilimsi taş blokların inanılmaz büyüklüğü.

The dizzying height of the great carven monolith.

Oymalı devasa monolitin baş döndürücü yüksekliği.

And then there was the bas-reliefs found on the captured ship.

Ve sonra ele geçirilen gemide bulunan kabartmalar vardı.

The colossal statues mirrored the scene on the carvings.

Devasa heykeller, oyma eserlerdeki sahneyi yansıtıyordu.

Johansen achieved something very close to futurism.

Johansen fütürizme çok yakın bir şey başardı.

Because he did not describe any definite structure or building.

Çünkü herhangi bir kesin yapı veya bina tarif etmedi.

**He dwelled on the broad impressions of vast angles
and stone surfaces.**

Geniş açılar ve taş yüzeylerin yarattığı genel izlenimler
üzerinde yoğunlaştı.

**Surfaces too great to belong to anything right or proper
for this earth.**

Bu dünyaya yakışacak ya da uygun olacak herhangi bir
şeye ait olamayacak kadar büyük yüzeyler.

**Surfaces impious with horrible images and
hieroglyphs.**

Korkunç resimler ve hiyerogliflerle kaplı, dindarlığı
zedeleyen yüzeyler.

There is a reason I mention his talk about angles.

Açılar hakkındaki konuşmasından bahsetmemin bir
sebebi var.

**It reminds me of something Wilcox had told me of his
awful dreams.**

Bu bana Wilcox'un bana anlattığı korkunç rüyalarını
hatırlatıyor.

**He had said that the geometry of the dream-place he
saw was abnormal.**

Gördüğü rüya mekanının geometrisinin anormal
olduğunu söylemişti.

Non-Euclidean spheres unlike anything here on earth.

Dünyadakilerden tamamen farklı, Öklid dışı küreler.

**Loathsomely redolent dimensions completely unlike
ours.**

Bizimkilerden tamamen farklı, iğrenç kokulu boyutlar.

Now a seaman was describing the exact same thing.

Bir denizci de tam olarak aynı şeyi anlatıyordu.

**They bad both had the same terrible glimpse of this
reality.**

İkisi de bu gerçekliğin aynı korkunç görüntüsüne tanık
olmuştu.

Johansen and his men landed at a sloping mud-bank.
Johansen ve adamları eğimli bir çamur kıyısına indiler.
And they looked up at this monstrous Acropolis.
Ve bu devasa Akropolis'e baktılar.
They clambered slippery up over titan oozy blocks.
Devasa, çamurlu blokların üzerinden kaygan zeminde
tırmandılar.
Blocks which could have been no mortal staircase.
Ölümlülerin merdiveni olamayacak bloklar.
The very sun of heaven seemed distorted in this mist.
Gökyüzünün güneşi bile bu sisin içinde çarpık
görünüyordu.
**A polarizing miasma welling out from this sea-soaked
perversion.**
Denizle ıslanmış bu sapkınlıktan yayılan kutuplaştırıcı
bir zehirli gaz.
**Twisted menace and suspense lurked in those elusive
rocks.**
O ulaşılması güç kayalıkların arasında çarpık bir tehdit
ve gerilim gizleniyordu.
**A second glance showed concavity where the first
showed convexity.**
İkinci bir bakışta, ilk bakışta dışbükey görünen yerin
içbükey olduğu görüldü.
**Something very like fright had come over all the
explorers.**
Kaşiflerin hepsinin üzerine adeta korku çökmüştü.
**Each man would have fled had he not feared the scorn
of the others.**
Her biri, diğerlerinin hor görmesinden korkmasaydı
kaçardı.
**And it was only half-heartedly that they vainly
searched.**

Ve onlar da boş yere, sadece yarım yamalak bir arayış
içindeydiler.
**They were looking for some portable souvenir to bear
away.**
Yanlarında götürebilecekleri taşınabilir bir hatıra eşyası
arıyorlardı.
**It was Rodriguez, the Portuguese, who climbed up the
foot of the monolith.**
Monolitin eteğine tırmanan kişi Portekizli Rodriguez'di.
From there he shouted of what he had found.
Oradan bulduklarını yüksek sesle bağırdı.
The rest followed him to the foot of the monolith.
Geri kalanlar da onu takip ederek anıtın dibine kadar
geldiler.
**They looked curiously at the immense door in front of
them.**
Önlerindeki devasa kapıya merakla baktılar.
**The now familiar squid-dragon was carved on the
door.**
Artık tanıdık hale gelen kalamar-ejderha figürü kapıya
oyulmuştu.
It was, Johansen said, like a great barn-door.
Johansen'in dediğine göre, tıpkı büyük bir ahır kapısı
gibiydi.
**Although they said it only gave the impression of a
door.**
Sadece kapı izlenimi verdiğini söylediler.
**They could not decide if the door lay flat like a trap-
door.**
Kapının tuzak kapısı gibi düz mü yoksa açık mı
olduğuna karar veremediler.
**Or maybe the opening was slanted like an outside
cellar-door.**

Ya da belki de açıklık, dışarıdaki bir mahzen kapısı gibi eğimliydi.

As Wilcox would have said, the geometry of the place was all wrong.

Wilcox'un da söyleyeceği gibi, yerin geometrisi tamamen yanlıştı.

One could not be sure that the sea and the ground were horizontal.

Denizin ve karanın yatay olduğundan emin olunamazdı.

Hence the relative position of everything else seemed phantasmally variable.

Dolayısıyla diğer her şeyin göreceli konumu hayali bir şekilde değişken görünüyordu.

Briden pushed at the stone in several places, without result.

Briden taşı birkaç yerden itti, ancak sonuç alamadı.

Then Donovan felt delicately over around the edge of the door.

Ardından Donovan, kapının kenarını nazikçe yokladı.

He climbed interminably along the grotesque stone molding.

O, bitmek bilmeyen bir şekilde, grotesk taş pervaz boyunca tırmandı.

Although, if you could really call it climbing is debatable.

Gerçi buna gerçekten tırmanma denilebilir mi, tartışmalı bir konu.

Perhaps the door was more horizontal than vertical.

Belki de kapı dikeyden çok yatay konumdaydı.

And the men wondered how any door in the universe could be so vast.

Ve adamlar evrendeki herhangi bir kapının nasıl bu kadar geniş olabileceğini merak ettiler.

Then, very softly and slowly, something began to happen.

Sonra, çok yavaş ve usulca bir şeyler olmaya başladı.

The acre-great panel began to give inward at the top.

Bir dönüm büyüklüğündeki panel üst kısmından içeri doğru çökmeye başladı.

And they saw that the door had balanced itself.

Ve kapının kendi kendine dengede durduğunu gördüler.

***

Donovan somehow propelled himself back along the jamb.

Donovan bir şekilde kendini kapı pervazı boyunca geriye doğru itmeyi başardı.

And everyone watched the queer recession of the monstrously carven portal.

Ve herkes, canavarca oyulmuş portalın tuhaf gerilemesini izledi.

In this fantasy of prismatic distortion it moved anomalously in a diagonal way.

Prizmatik bozulmanın bu fantezisinde, anormal bir şekilde çapraz bir yönde hareket etti.

All the rules of matter and perspective seemed confused.

Maddenin ve perspektifin tüm kuralları birbirine karışmış gibiydi.

The aperture was black with a darkness almost material.

Diyaframın içi neredeyse maddesel bir karanlıkla simsiyah görünüyordu.

That tenebrousness was indeed a positive quality.

Bu karanlık, gerçekten de olumlu bir özellikti.

The men were spared from seeing the inner walls.

Adamlar iç duvarları görmekten kurtuldular.

The darkness burst forth like smoke from its eon-long imprisonment.

Karanlık, çağlar boyu süren esaretinden duman gibi fışkırdı.

The sun was visibly darkened by flapping membranous wings.

Zarımsı kanatların çırpınmasıyla güneş gözle görülür şekilde kararmıştı.

And the shadow slunk away into the shrunken and gibbous sky.

Ve gölge, büzülmüş ve hilal şeklindeki gökyüzüne doğru süzülüp gitti.

The odor arising from the newly opened depths was intolerable.

Yeni açılan derinliklerden yükselen koku dayanılmazdı.

The quick-eared Hawkins thought he heard a nasty, slopping sound.

Keskin kulaklı Hawkins, iğrenç, şapırdayan bir ses duyduğunu sandı.

His ears were confirmed when It lumbered slobberingly into sight.

Kulaklarının söyledikleri, yaratığın salya akıtarak ağır ağır görünmesiyle doğrulandı.

Its gelatinous green immensity groped through the black hall.

Jelatinimsi yeşil enginliği, karanlık salonda yolunu bulmaya çalışıyordu.

And Its ooze and smell squeezed through the angled door.

Ve sızan sıvı ve kokusu açılı kapıdan içeri sızdı.

The Thing went into the tainted air of that poison city of madness.

O şey, o delilik şehrinin zehirli havasına karıştı.

Poor Johansen's handwriting almost gave out when he wrote of this.

Zavallı Johansen bunu yazarken neredeyse yazısı silinecekti.

He thinks two men perished of pure fright in that accursed instant.

O lanetli anda iki adamın sırf korkudan öldüğünü düşünüyor.

The Thing cannot be described with our language.

Bu şey, dilimizle tarif edilemez.

There are no words for such abysms of shrieking and immemorial lunacy.

Bu tür çığlıkların ve kadim çılgınlıkların uçurumlarını tarif edecek kelime yok.

Eldritch contradictions of all matter, force, and cosmic order.

Maddenin, gücün ve kozmik düzenin tüm doğaüstü çelişkileri.

A mountain that walked and stumbled on the earth. God!

Yeryüzünde yürüyen ve tökezleyen bir dağ. Tanrım!

No wonder that across the earth a great architect went mad.

Dünyanın dört bir yanında büyük bir mimarın aklını kaybetmesine şaşmamalı.

No wonder poor Wilcox raved with fever in that telepathic instant.

Hiç şaşmamalı ki zavallı Wilcox o telepatik anda ateşler içinde sayıklamaya başladı.

The green, sticky spawn of the stars, was walking the earth.

Yıldızların yeşil, yapışkan yavruları yeryüzünde dolaşıyordu.

The Thing of the idols had awaked to claim his own.

Putların varlığı, kendi varlığını talep etmek için
uyanmıştı.

The stars were aligned again, as was predicted.

Yıldızlar yine tahmin edildiği gibi hizaya geldi.

An age-old cult had failed in their duties.

Köklü bir tarikat görevlerini yerine getirmekte başarısız
olmuştu.

And a band of innocent sailors fulfilled their role by
accident.

Ve bir grup masum denizci, tesadüfen görevlerini yerine
getirdi.

After vigintillions of years great Cthulhu was loose
again.

Yirmi trilyonlarca yıl sonra büyük Cthulhu yeniden
serbest kaldı.

And now great Cthulhu was ravening for delight.

Ve şimdi yüce Cthulhu zevkten deliye dönmüştü.

Three men were swept up by the flabby claws before
anybody turned.

Kimse dönüp bakmadan önce üç adam o sarkık pençeler
tarafından kapılıp götürüldü.

God rest them, if there be any rest in the universe.

Eğer evrende bir huzur varsa, Tanrı onları huzur içinde
dinlendirsin.

Let it be known that their names were Donovan,
Guerrera and Angstrom.

Bilinsin ki, isimleri Donovan, Guerrera ve Angstrom'du.

Parker slipped as he was trying to make his escape.

Parker kaçmaya çalışırken ayağı kaydı.

The other three were plunging frenziedly back to the
boat.

Diğer üçü ise çılgıncasına tekneye doğru geri atlıyordu.

They ran over endless vistas of green-crusted rock.

Yeşil kabuklu kayalıkların uçsuz bucaksız manzaraları üzerinde koştular.

Johansen swears he was swallowed up by an angle of masonry.

Johansen, duvarın bir köşesi tarafından yutulduğuna yemin ediyor.

An angle which shouldn't have been there.

Orada olmaması gereken bir açı.

An angle which was acute, but behaved as if it were obtuse.

Dar açı olmasına rağmen geniş açı gibi davranan bir açı.

Only Briden and Johansen made it back to the boat.

Sadece Briden ve Johansen tekneye geri dönebildi.

The two men had a moment of good fortune.

İki adam da bir anlık şans yakaladı.

The mountainous monstrosity flopped down on the slimy stones.

Dağ gibi devasa şey kaygan taşların üzerine devrildi.

And the beast hesitated floundering at the edge of the water.

Ve canavar suyun kenarında çırpınarak tereddüt etti.

The steam boat had not entirely run out of hot coals.

Buharlı gemideki sıcak kömürler tamamen tükenmemişti.

Despite the departure of all men for the shore.

Bütün erkeklerin kıyıya gitmesine rağmen.

Feverishly the two men rushed up and down between wheels.

İki adam tekerlekler arasında hummalı bir şekilde bir aşağı bir yukarı koşturdu.

It was the work of only a few moments to get the engine going.

Motoru çalıştırmak sadece birkaç saniye sürdü.

Amidst the distorted horrors of that indescribable scene.
Tarifsiz o sahnenin çarpık dehşetinin ortasında.
Slowly their boat began to churn the lethal waters beneath her.
Tekneleri yavaş yavaş altındaki ölümcül suları çalkalamaya başladı.
And they moved along the masonry of that charnel shore.
Ve o mezarlık kıyısının taş duvarları boyunca ilerlediler.
That strange coastline that was not from this world.
Bu dünyaya ait olmayan, tuhaf bir kıyı şeridi.

***

The titan Thing from the stars slavered and gibbered.
Yıldızlardan gelen devasa yaratık salya akıttı ve anlamsız sesler çıkardı.
Like Polypheme cursing the fleeing ship of Odysseus.
Tıpkı Polypheme'nin Odysseus'un kaçan gemisine lanet okuması gibi.
Then great Cthulhu slid greasily into the water.
Sonra büyük Cthulhu kaygan bir şekilde suya daldı.
Bolder and more daring than the storied Cyclops.
Efsanevi Kiklop'tan daha cesur ve daha gözü pek.
Cthulhu pursued them through the water with cosmic movement.
Cthulhu, kozmik bir hareketle onları suyun içinden kovaladı.
Briden looked back from the ship and started laughing shrilly.
Briden gemiden geriye baktı ve tiz bir kahkaha atmaya başladı.

From that moment Briden continued laughing at odd intervals.

O andan itibaren Briden ara sıra gülmeye devam etti.

But Johansen had not given up yet.

Ancak Johansen henüz pes etmemişti.

He knew his ship had no chance of outpacing the thing.

Gemisinin o şeyden daha hızlı gitme şansının olmadığını biliyordu.

So he resolved on taking a desperate chance.

Bu yüzden umutsuz bir şansı denemeye karar verdi.

He loaded the furnace and set the engine for full speed.

Fırını doldurdu ve motoru tam hıza ayarladı.

And then he ran lightning-like on deck and reversed the wheel.

Sonra yıldırım hızıyla güverteye koştu ve dümeni tersine çevirdi.

There was a mighty eddying and foaming in the noisome brine.

O iğrenç tuzlu suda müthiş bir girdap ve köpürme vardı.

The steam mounted higher and higher into the sky.

Buhar gökyüzüne doğru gittikçe yükseliyordu.

And the brave Norwegian reversed the course of the chase.

Ve cesur Norveçli, takibin yönünü tersine çevirdi.

Before him rose the unclean froth like the stern of a demon galleon.

Önünde, şeytani bir kalyonun kıç tarafı gibi kirli köpükler yükseliyordu.

He drove his vessel head on against the pursuing jelly.

Gemisini peşinden gelen jöleye karşı tam gaz sürdü.

The awful squid-head came nearly up to the yacht's bowsprit.

Korkunç kalamar kafası neredeyse yatın pruva direğine kadar gelmişti.

But Johansen drove on relentlessly against the writhing feelers.

Ancak Johansen, çırpınan engellere karşı amansızca ilerlemeye devam etti.

There was a bursting as of an exploding bladder.

İdrar kesesinin patlaması gibi bir gürültü vardı.

There was a slushy nastiness as of a cloven sunfish.

Yarık bir güneş balığınınki gibi yapışkan, çamurlu bir kıvamı vardı.

There was a stench as of a thousand opened graves.

Binlerce açılmış mezardan yayılan bir koku vardı.

And there was a sound the chronicler did not put on paper.

Ve tarihçinin yazıya dökmediği bir ses daha vardı.

For an instant the ship was befouled by an acrid cloud.

Bir an için gemi keskin bir koku bulutuyla kaplandı.

The green cloud blinded Johansen and the mad man.

Yeşil bulut Johansen'i ve deli adamı kör etti.

And then there was only a venomous seething astern.

Ve sonra arkada sadece zehirli bir kaynama vardı.

But God in heaven! What the two men saw next;

Ama göklerdeki Tanrım! İki adamın daha sonra gördükleri şunlardı;

The scattered plasticity of that nameless sky-spawn.

O isimsiz gökyüzü yaratığının dağınık esnekliği.

The injured thing was nebulously recombining.

Yaralı şey belirsiz bir şekilde yeniden birleşiyordu.

Soon Cthulhu would be back in its hateful original form.

Çok yakında Cthulhu nefret dolu orijinal haline geri dönecekti.

But their distance was widening with every second.

Ancak aralarındaki mesafe her geçen saniye daha da açılıyordu.

The ship was gaining impetus from its mounting steam.

Gemi, artan buhar sayesinde hız kazanıyordu.

And eventually the cursed city was over the horizon.

Ve sonunda lanetli şehir ufukta görünmeye başladı.

***

He did not try to navigate after their lucky escape.

Şans eseri kurtulduktan sonra yön bulmaya çalışmadı.

His reaction had taken something out of his soul.

Onun bu tepkisi, ruhundan bir şey eksiltmişti.

He spent his time brooding over the idol in the cabin.

Vaktinin büyük bir bölümünü kulübede putun başında düşüncelere dalmış halde geçirdi.

He looked after the laughing maniac in the boat.

Teknede kahkaha atan manyağa göz kulak oldu.

And he attended to a few matters such as food.

Ve yemek gibi birkaç konuyla ilgilendi.

Then came the storm of April 2nd.

Ardından 2 Nisan fırtınası geldi.

On that day clouds gathered over his consciousness.

O gün bilincinin üzerine bulutlar çöktü.

There is a sense of pure and refined delirium.

Burada saf ve incelikli bir coşku hali söz konusu.

Spectral whirling through liquid gulfs of infinity.

Sonsuzluğun sıvı uçurumlarında spektral girdaplar.

Dizzying rides through reeling universes on a comet's tail.

Bir kuyruklu yıldızın izinde, baş döndürücü evrenler arasında yapılan heyecan verici yolculuklar.

Hysterical plunges from the pit to the moon.

Çukurdan aya doğru histerik atlayışlar.

And he plunged back again from the moon to the pit.

Ve o, aydan tekrar çukura geri daldı.

A cachinnating chorus of the distorted, hilarious elder gods.

Çarpık, komik kadim tanrıların cıvıldayan korosu.

And the green bat-winged mocking imps of Tartarus.

Ve Tartarus'un yeşil yarasa kanatlı alaycı cinleri.

Out of that dream came rescue; the ship Vigilant.

Bu rüyadan kurtuluş doğdu; Vigilant gemisi.

The vice-admiralty court and the streets of Dunedin.

Deniz Kuvvetleri Komutanlığı Mahkemesi ve Dunedin sokakları.

The long voyage back home to the old house by the Egeberg.

Egeberg'deki eski eve dönüş yolculuğu uzun sürdü.

He could not tell anyone of what he had seen.

Gördüklerini kimseye anlatamadı.

Had he told the truth they would have thought he had gone mad.

Doğruyu söyleseydi, aklını kaçırdığını düşünürlerdi.

So he secretly wrote of what he knew before death came.

Bu yüzden ölüm gelmeden önce bildiklerini gizlice yazdı.

"Death would be a boon if only it could blot out the memories."

"Ölüm, anıları silebilseydi, bir nimet olurdu."

That was the document Johansen left behind.

Johansen'in geride bıraktığı belge buydu.

And now I have placed this document in the tin box.

Ve şimdi bu belgeyi teneke kutuya yerleştirdim.
In the box is also the dream carved bas-relief.
Kutunun içinde ayrıca rüyayı tasvir eden kabartma bir
eser de bulunmaktadır.
And I have included the papers of Professor Angell.
Profesör Angell'in makalelerini de ekledim.
With this box shall go this record of mine.
Bu kayıt da bu kutuyla birlikte gidecek.
These notes have become a test of my own sanity.
Bu notlar kendi akıl sağlığımın bir sınavı haline geldi.
**But I hope my discoveries are never be pieced together
again.**
Ama umarım keşiflerim bir daha asla bir araya
getirilmek zorunda kalmaz.
**I have looked upon all that the universe has to hold of
horror.**
Evrenin barındırdığı tüm korkunç şeyleri gördüm.
But now even the skies of spring are darkness to me.
Ama şimdi baharın gökyüzü bile benim için karanlık.
Even the flowers of summer are forever poison to me.
Yaz çiçekleri bile benim için sonsuza dek zehirlidir.
But I do not think my life will be long.
Ama ömrümün uzun olacağını sanmıyorum.
As my uncle went, so shall my end come.
Amcamın sonu nasılsa, benim sonum da öyle olacak.
As poor Johansen went, so shall my time come.
Zavallı Johansen'in sonu nasıl geldiyse, benim de
zamanım gelecek.
I know too much, and the cult still lives.
Çok fazla şey biliyorum ve bu tarikat hâlâ yaşıyor.
Cthulhu still lives, too, I can only suppose.
Cthulhu'nun da hâlâ yaşadığını tahmin edebiliyorum.
I assume Cthulhu is again in that chasm of stone.
Sanırım Cthulhu yine o taş uçurumun içinde.

The city which has shielded him since the sun was
young.
Güneşin daha genç olduğu zamandan beri onu koruyan
şehir.
I know his accursed city is sunken once more.
Lanetli şehrinin bir kez daha sular altında kaldığını
biliyorum.
The crew of the Vigilant sailed over the spot after the
April storm.
Vigilant mürettebatı, Nisan fırtınasının ardından o
noktanın üzerinden geçti.
But his ministers on earth still worship his return.
Ancak yeryüzündeki hizmetkarları hâlâ onun dönüşüne
tapınmaktadır.
In lonely places they congregate around their idol.
Issız yerlerde putlarının etrafında toplanırlar.
And they bellow and prance and slay in satanic ritual.
Ve şeytani ritüellerde kükrerler, zıplarlar ve öldürürler.
He must have been trapped by the sinking of his black
abyss.
Kara uçurumun batışına kapılmış olmalıydı.
Or else the world would by now be screaming with
fright and frenzy.
Aksi takdirde dünya şimdiye kadar korku ve çılgınlık
içinde çığlık atıyor olurdu.
Who knows how the end will come about?
Sonun nasıl sonuçlanacağını kim bilebilir?
What has risen may sink, and what has sunk may rise.
Yükselen şey batabilir, batan şey de yükselebilir.
Loathsomeness waits and dreams in the deep.
İğrençlik derinliklerde bekler ve hayaller kurar.
And decay spreads over the tottering cities of men.
Ve çürüme, insanların yıkılmakta olan şehirlerine
yayılıyor.

A time will come where that city rises out the sea again.
Bir gün gelecek, o şehir yeniden denizin üzerinden yükselecek.
But I must not think about when that day will come!
Ama o günün ne zaman geleceğini düşünmemeliyim!
I have one prayer if this manuscript outlives me.
Bu el yazmasının benden daha uzun süre yaşaması durumunda tek bir duam var.
I pray my executors put caution before audacity.
Vasiyetimi yerine getirecek kişilerin cüretkarlıktan ziyade ihtiyatı ön planda tutmalarını diliyorum.
I pray this manuscript meets no other eyes.
Bu el yazmasının başka kimsenin eline geçmemesini diliyorum.

***

Found among the papers of the late Francis Wayland Thurston, of Boston.
Boston'da yaşamış olan merhum Francis Wayland Thurston'ın evrakları arasında bulundu.

www.ingramcontent.com/pod-product-compliance
Lightning Source LLC
Chambersburg PA
CBHW010437170726
48283CB00011B/3255